タッグ

小野寺史宜

角川文庫
24452

目次

三月　戸部栄純《とべえいじゅん》

「戸部さん」とカウンターを挟んで金本千砂《かねもとちさ》が言う。

「ん？」

「今日も言っちゃいますけど」

「何？」

「しそ巻き、最高」

「あぁ。ありがと」

「ほっぺの内側が痛いですよ。痛いんだけど、心地いい。これ、ほんと、何ですか？　しそのせい？　それとも、肉汁のせい？」

「う～ん。どっちもかな。主にしそだろうけど。しその香味ね」

しそ巻き。刻んだしその葉を豚バラ肉でクルクルッと渦巻き状に巻いたやつだな。タイヤみたいな形になったそれを二つ、串《くし》で刺す。それで一本。仕込みには手間がかかるが、お客さんからは人気がある。来れば必ず頼む人もいる。千砂もその一人だ。

「わたし、カロリーのことを考えて、よそのお店ではつい鶏《とり》に逃げちゃうけど、ここでは豚も食べます。ずるいですよ、これは。この誘惑からは逃げられない。負けを認めて豚と向き合うしかない」

「いや、勝ち負けじゃないでしょ」と笑う。

千砂も笑い、梅酒のソーダ割りを一口飲む。

「豚肉って、ほかの食材と合わせると本当に強いですよね。用途が広いって意味では、牛と鶏以上かも」

「肉野菜炒《いた》めとか豚キムチとか、うまいもんな。チンジャオロースも、豚肉でいけるしね。中国だと、豚肉をつかうのがチンジャオロースだし」

「そうなんですか？」

「うん。牛肉をつかうと、肉の前に牛って漢字が入って、チンジャオニウロース、とか言うんだよ」

「へぇ。知らなかった。まあ、確かに、豚肉で充分おいしいですもんね」

「牛なら牛で、噛《か》みごたえがあって、うまいけどね。いや、その前に。中華は何でもうまいか」

「そうなんですよ。油が多いから毎日だときついけど、やっぱりおいしいんですよね。だから戸部さん、ここのメニューに中華は加えないでください。せめて今の蒸し鶏止まりにしてほしい。メニューにあったらわたし、頼んじゃうから」

「頼んでくれるなら、店としては出したいよ」

「あぁ、そうか」

「でも出さないよ。中華をやりだしたらあれもこれもになって、こっちも大変だから。中華鍋《なべ》は、炒めものでつかうぐらいにしておく」

「今でも充分おいしいので、このままでだいじょうぶです。このままでもわたし、来ます。来つづけます」

「たすかるよ」

実際、たすかってる。千砂は週に一度は来てくれる。二度になることもある。仕事帰りの一日のほか、休みの土曜に来てくれたりもするから。

「戸部さん、お肉は何が好きですか？」

「全部好きだな。なじんでるのは豚と鶏だけど。若いころはその鍋ばっかりだったから」

「鍋」

「うん。豚か鶏のちゃんこね。味は醬油《しょうゆ》か味噌《みそ》。肉と野菜のほか、米もひたすら食って、体をつくってたよ」

「道場で、ですか？」

「そう。もうさ、味がどうこうじゃないんだよ。何も考えないで食う。食って食って、体をデカくする。だからこそ味も大事なんだけど。まずかったらそんなには食えないから」

「確かに」

「おれ自身がちゃんこ番のときは、あれこれ工夫したよ。飽きないように、カレー粉を入れたり、豆板醬《トウバンジャン》を入れたり。味噌を赤味噌にしてみたり。だから肉は、そんなふうにほかの何かと絡めて食うほうがいいかな。おれはガキのころから、ステーキとかより肉巻きとかのほうが好きだったよ」

「肉巻き」

「そう。そのころはしそは巻かなかったけど」

「じゃあ、アスパラとかですか？」

「アスパラは、出てこなかったかなぁ。母ちゃんになじみがなかったのかも。ウチは、ごぼうとにんじんとえのき茸《だけ》だったよ」

肉巻きは、美鶴《みつる》もよくつくってくれた。ウチで出すこのしそ巻きも、発想はそこからだ。肉巻きからではなく、美鶴から。

しそ巻きは、美鶴が好きだったのだ。二人で行った店にあれば必ず頼んだ。

居酒屋に行ってメニューを見ると、美鶴はまずしそをつかった料理が何かあるか探した。しそ餃子《ギョーザ》とか、しそを挟んだとんかつとか、そんなやつだ。だがたいていはなかった。案外置いてないのだ。だからこそ、しそ巻きはウチに置きたかった。

「沢井《さわい》くん、梅酒のソーダ割り、もう一杯お願い」と千砂が言い、

「はい。ソーダ割りのお代わり。すぐに」と沢井くんが返す。

同じカウンター内。おれの右隣にいる沢井壮馬《そうま》くんだ。司法試験合格を目指す大学院生。

飲みもの関係はすべてこの沢井くんにまかせてる。料理も、器や皿に盛るだけのものはほとんどやってもらう。あとは、冷奴の豆腐を切るとか、たこぶつのたこを切るとか。沢井くんは包丁の扱いもうまいのだ。すべてにおいて手際がいいからとてもたすかってる。

どうしても手がまわらないときは、開店前の仕込みを頼むこともある。いつもより早く出てきてもらうことになるから、そんなには頼めないが。

仕込みはいつも午後二時からやることにしてる。さすがに一人ではきついので、二時から五時まではパートさんを雇ってる。ここ千駄木《せんだぎ》に住む西口歌恵《にしぐちうたえ》さんだ。

パートさんというよりはまさに近所の人。おれより四歳上。お昼を食べたあとの三時間ならちょうどいい、と言ってくれてる。その歌恵さんがどうしても出られず、おれ一人ではどうしても追いつかないときのみ沢井くんに手伝いを頼む。

今月の初めまでは、もう一人パートさんがいた。ホールを担当してもらってた水原《みずはら》

房代《ふさよ》さん。こちらはおれより四歳下。やはり近所に住む人だ。千駄木のお隣、谷中《やなか》。といっても、家から店まで歩いて五分もかからない。

房代さんはかれこれ五年ぐらい続けてくれたが、ついにやめることになった。娘の伊東留香《いとうるか》ちゃんが一年の育休期間を終えて会社に戻るので、房代さんが孫の姫《ひめ》ちゃんの世話をすることになったのだ。そういうことならしかたない。居酒屋でのパートよりは孫。そりゃそうだ。

営業時間中は、おれが調理、沢井くんが調理補助とホール、房代さんがホール、という形で店をまわしてた。その房代さんがいなくなるのはきつい。

すぐにアルバイトの募集をかけたが、まだ応募はない。飲食店はどこも大変なのだ。ただでさえ、そう簡単に働き手は見つからない。そこへのコロナで、なお見つからない。

今は、娘の衣麻《いま》がホールをやってくれてる。ちょうど高校を卒業し、春休みに入ったからだ。四月からは大学生だが、そうなっても続けると言ってくれてる。

衣麻は高校の学期中から手伝ってくれてた。だから店のあれこれをわかってる。房代さんともすんなり入れ替わることができた。今日も沢井くんと連携し、てきぱき働いてくれてる。

カウンターの内側から、カウンターの外側でてきぱき働く娘を見てられる。考えたら、これはかなり贅沢《ぜいたく》なことだよな。

衣麻を追うおれの視線に気づいたのか、千砂が言う。

「孝行娘ですよね。衣麻ちゃん」

「あぁ。うん」

千砂は常連客も常連客。もう八年ぐらい来てくれてる。

そもそもはプロレスファンだ。店を始める前からの、おれのファン。おれがプロレスをやめたあと、この店を開いたことを知って、来てくれた。

おれより十歳下。電話会社に勤めてる。大企業だ。

勤務地が銀座《ぎんざ》だったときは、西側の代々木上原《よよぎうえはら》に住んでた。日比谷《ひびや》まで千代田《ちよだ》線一本で行けたからだ。なのに、ウチに来てくれてた。仕事帰りに、自宅とは反対方向に行く千代田線に乗って千駄木まで来てくれてたわけだ。

その後二年ほどで勤務地が御徒町《おかちまち》になり、引っ越した。会社へは千代田線の湯島《ゆしま》駅から歩いていけるが、トータル四十分以上かかるので移ることにしたのだ。

それで決めたのが、湯島から二駅のここ千駄木。このお店があることが決定打になりました、と千砂は言ってくれた。飲んだあとに歩いて帰れるなんて言うことなしですよ、と。

ありがたい、どころではない。行きつけの居酒屋があるからそこに住む。店主としてこんなにうれしいことはない。

「千砂ちゃん。プロレスはあんまり観なくなったって言ってたけど。最近は？」

「ほとんど観ないですね。前よりもっとかも」

「そうか。それは、何で？」

「うーん。何ででしょう。わたし自身が歳をとっちゃったし、レスラーの世代も変わっちゃったから、なんですかね。乗りきれなくなったというか、ついていけなくなったというか」

「レスラー自身も歳はとるからな」

「わたしにとっては戸部栄純が最後のレスラーですよ。何ていうか、最後の男、みたいな」

「おぉ。ドキッとさせるね」とふざけて言う。

「あ、してくれました？　ドキッと」

「うん。した」

「わたしもしました。言っちゃったあとに。中高生のころの青々とした気持ちを思いだしましたよ」

「いや、中高生が、最後の男、とか言わないでしょ」

「わたしは言ってたような」

「マジか」

「といって、誰と付き合ってたわけでもないですけどね。そのころはウブでしたし。いや、今もちゃんとウブですけど」と千砂は笑う。

「ちゃんとって」とおれも笑う。

千砂とはこんな話も普通にできるようになってる。八年も経《た》てば、そうなる。といっても。女性客の誰とでもそうなるわけではない。そうなれたのは、やはり千砂だからだ。相手が千砂でなきゃ、おれも、ドキッとさせるね、とまでは言わない。

緊急事態宣言が出されてたときは、店を閉めざるを得なかったりもした。一年半のあいだに計四度。きつい期間だった。だがそのきつさは、店として、だけじゃなく、おれ個人として、でもあったかもしれない。店を開けられない期間というのは、つまり千砂と会えない期間ということでもあったから。

「とにかく、戸部さんを超えるレスラーはいないですよ」

「いや、いるよ。いくらでも」

「わたしには、いないです。最後の試合は、ほんと、泣きましたもん」

最後の試合。引退試合だな。それが、何と、タイトルマッチだった。おれが急遽《きゅうきょ》引退を決めたからそうなった。

相手は千砂と同い歳の室賀《むろが》太斗《たいと》。団体のエース。

その太斗の空手仕込みの後ろまわし蹴《げ》り、バックスピンキックが、おれのあごをきれいにとらえた。本当に危険な角度で入ってしまい、おれはカクンとその場に崩れ落ちた。

太斗自身、ヤバいと思ったはずだ。だがおれが動かない以上、フォールの体勢に入るしかなかった。

そのまま立ち上がれずに、おれはスリーカウントを聞いた。アクシデントと言えばアクシデントなのだが。要するに、まだ三十代前半でキレキレの太斗の蹴《け》りにもう反応できなくなってたのだ。

それが自分でわかったから、試合後は晴れやかな気持ちだった。別に演出ということでもなく、太斗の腰にチャンピオンベルトを巻いてやった。まだクラクラするよ、と小声で言ったら、太斗は笑いながら泣いた。

今もたまに連絡をくれる。去年、団体に有望な若手が入ったそうだ。将来のエース候補。身体能力がムチャクチャ高く、華があるのにヒール志望の、豊倉航陽《とよくらこうよう》。戸部さんみたいなスターになるから名前を覚えといたほうがいいですよ、と太斗は言ってた。おれはあいつに負けて引退するんだろうな、とも。

そんな太斗に負けて、おれは引退した。今から十年前。四十三歳のときだ。

プロレスをやめると、筋肉は落ちた。そうは食べなくなるからまず脂肪が落ち、そうは鍛えなくもなるから筋肉も落ちるのだ。

結果、体はひとまわり小さくなった。身長は百八十八センチと変わらないが、体重は百六キロから八十六キロになった。

二十キロ減。ただ、そうは言っても八十六キロ。普通の人よりはデカい。

体には、相当ガタが来てる。レスラーを二十年以上やってどこも傷めてないやつなんていない。おれの場合、一番ひどいのは肩だな。脱臼《だっきゅう》を何度もした。ちゃんと対処しなかったせいか、じきに脱臼癖もついた。

今、左腕は、顔の高さまでしか上がらない。だから店でも、高いとこにあるものをとるときは右手でとる。これなら左でとれっかなぁ。あ、無理。やっぱ右。と、そんな具合だ。カウンター内で右往左往してる。

気づいた沢井くんが、先に訊《き》いてくれたりもする。何ですか？　削り節。そのぐらい自分でとればいいのだが、右手に包丁だの串だのを持ってるときはついつい頼んでしまう。

だが引退してからの十年で鍛えられた部分もある。手の指の皮だ。筋肉は落ちたが、そこだけは厚くなった。

初めは、焼台の串をひっくり返すのもひと苦労だった。これ、実はかなり熱いのだ。焼台に載せる鉄棒のことを鉄久《てっきゅう》と言うが、その鉄久ぎりぎりまで手を近づけなきゃいけない。肉にちゃんと火が通るように、それでいて表面が焦げすぎないように、何本もの串を何度も何度もひっくり返さなきゃいけない。

痛みには耐性があったおれも、熱さには弱かった。それはガキのころからだ。骨折よりも火傷《やけど》のほうがずっといやだった。

現役時代、試合でヒールレスラーの乾源作《いぬいげんさく》に火を放たれてあせったこともある。顔の辺りにいきなりブワッとやられたのだ。マジシャン用の道具か何かをつかって。目の前がピカッと明るくなり、おれは炎に包まれた。遠くの観客席からでもはっきり見えただろう。反射的によけはしたが、あちぃよ、バカ！　とつい怒鳴ってしまった。素の言葉に聞こえたからか、会場は沸いた。

乾はおれより二歳下。まだ選手としてやってる。さすがにもう火を放ったりはしてないはずだ。今は会場から許可が出ないだろうから。おれにやったあのときも、許可をもらってたかは不明。

何本もの串をひっくり返しながら、おれは千砂に言う。

「これは訊いたことなかったけどさ」

「何ですか？」

「千砂ちゃんは、そもそも何でプロレスが好きになったの？」

「あぁ。言ったこと、なかったでしたっけ」

「うん」

「二十九歳のときですかね、かなりひどいフラれ方をしたんですよ。それこそ寝こんじゃうくらいの」

「あらら」

「やっぱりウブだったんでしょうね。ほんと、ひどかったです。ぼーっとして電車は乗りすごすし、仕事は手につかないし。しかたないから、仮病で何日か会社を休みましたもん。このままじゃ何か大きなミスをしちゃうなと思って」

「そんなに？」

「はい。もう結婚一歩前ぐらいのとこまで行ってたんで。と、そう思ってたのはわたしだけだったんですけど」

「どういうこと？」

「相手にはほかにも付き合ってる女性がいたんですよ。今考えれば、結婚詐欺師よりよっぽどタチが悪いです。お金が目当てとかのほうが、まだ意味がわかりますよ」

「そういうのでは、なかったんだ？」

「なかったですね。ただ自分がしたいようにしてただけ。気に入った人がいたら近づいちゃう。そのとき付き合ってる相手のことは考えない。バレたらごめんて言う」

「それは言うのか」

「言います。でもそれだけ。理由は言わないんですよ。そんなものないから、言えないんですね。ごめんをひたすらくり返す。それでいて、反省はしない。また同じことをしちゃう。一見、ちゃんとした人なんですよ。なのに、そう」

「いるんだな、そんなやつも。おれも、ごめん。いやなことを言わせた」

「いえ。さすがにもう十五年近く経ちますから」

「で、それがプロレスにつながんの？」

「はい。そのときは底の底まで沈みこんでたので、これはまずいと思って。でも立ち直るきっかけもなくて。どうしようかと考えて」

「で？」

「それまではやらなかった何かを無理にでもやろう、と決めたんですよ。まったく目を向けてこなかったものに目を向けるとか、まったく身を置いたことがなかった場所に身を置くとか、そんなことをしてみようと。ショック療法のつもりだったんですね。いろいろ検討しましたよ。パチンコをやってみるとか、釣りをやってみるとか。それで決めたのがプロレスでした。プロレスを生で観ること。一人で会場に行って、観ること」

「あぁ」

「そんなことがなければ、絶対にやらなかったはずなんですよね。プロレスはテレビで見たこともなかったし」

「それで観に行ったんだ？　プロレスを」

「はい。メインイベントに出てきたのが戸部さんでした」

「ウチのを観に来てくれたのか」

「そうですね。ただ、正直、それもたまたまで。一番行きやすそうな会場が後楽園《こうらくえん》ホールで、自分の都合のいい日にそこで試合をしてくれてたのが戸部さんのところでした。だから、失礼ですけど、そのときはまだお名前も知りませんでした。でも戸部さん、すごくカッコよかったですよ。バタフライ・プレスをやってくれました。腕は三回まわしてくれましたよ」

「そうか」

コーナーの最上段から飛んで、リングに横たわる相手に体を浴びせる技。ダイビング・ボディ・プレス。おれがやるそれは、バタフライ・プレスと呼ばれてた。水泳のバタフライみたいに空中で両腕を前にまわすからだ。

三回まわすときは調子がいい。ファンからはそう言われた。まあ、おれのさじ加減なのだが。一度だけ、大事なタイトルマッチで四回まわしたこともある。そのときも会場は沸いた。フィギュアスケートで言う四回転ジャンプみたいなもんだな。

「あんなに大きい人があんなとこから飛ぶんだって、感動しちゃいました。それでもう、どハマりです。東京で試合があってわたし自身が行けるときは必ず行くようになりました。武道館《ぶどうかん》も国技館《こくぎかん》も行きましたよ。もちろん、後楽園ホールも。それで立ち直りました。戸部さんのおかげで」

「おぉ。って、おれは何もしてないけどね」

「その彼のことはいつの間にか忘れてましたよ。ちっちゃい男、くらいにしか思わなくなってました。デッカい男ばかり見るようになってたから」

「体がデカいだけだよね」

「体が大きいと、心も大きく見えますよ」

「うーん」

「だから、ほんと、不思議ですよ」

「何が？」

「戸部さんの前でこうやってお酒を飲んでることが。戸部さんがつくった料理を、こうやって食べさせてもらってることが。だって戸部さん、リングで戦ってたんですよ。飛んでたんですよ」

「まあ、時間は経つよ。時間が経てば、いろんなことが起こる」

そうなのだ。時間は経ってしまう。いろんなことは、起きてしまう。リングで戦ってたやつが戦わなくなるし、飛ばなくもなる。

ただ、おれがこうして店をやってることは、そう意外でもない。新人のころに道場のちゃんこ番をやってたから、包丁はつかえる自信があった。ちゃんこの味の評判もよかったから、調理にも自信があった。実際、いずれ二人で居酒屋をやろうと美鶴と話してた。

居酒屋をやる。美鶴と二人でやる。本当にいい案だと思ったよ。実現したのは半分だけどな。二人では、やれなかったから。

ブッチャーがテリーの腕をフォークで刺したとき、おれは小三だった。一九七七年、全日本プロレスの世界オープンタッグ選手権の最終戦。兄ドリー・ファンク・ジュニアと弟テリー・ファンクのザ・ファンクス対アブドーラ・ザ・ブッチャー、ザ・シーク組。

優勝がかかったこの一戦は、凄《すさ》まじい試合になった。ブッチャーがテリーの右腕を、本当にフォークでぶっ刺したのだ。

「あ、フォークだ！　フォークです。フォークですね。フォークを刺しました。アブドーラ・ザ・ブッチャーが、フォークを持って、力いっぱい、テリー・ファンクの右腕に、刺しこみます！」

日テレの倉持《くらもち》アナがそう言った。

いくらプロレスでもフォークはダメでしょ。それはもう事件でしょ。と小三のおれは思った。

テリーの右腕からはダラダラと血が流れてた。はっきりと、赤。テレビの画面にもそれはきれいに映ってた。土曜のゴールデンタイム、確かクリスマスイヴあたりにそんな試合を放送してたのだからすごい時代だ。

レフェリーのジョー樋口《ひぐち》はなかなか凶器をとり上げなかった。それどころか、テリーをたすけようとリングに入ってきたドリーにばかり注意した。この人はいつもそうなのだ。

で、負傷したテリーはリングの外。リングではドリーが一人で二人を相手にした。シークの凶器攻撃にブッチャーの毒針エルボーと、防戦一方。

もうダメだ、となったところで、右腕に包帯を巻いたテリーが復帰。左手で怒りのパンチをブッチャーとシークに叩《たた》きこんだ。

これは見てて燃えた。テリー。顔はそんなにカッコよくないけどカッコいいな。本物だな。そう思った。

その後、シークがジョー樋口にも手を出し、反則負け。ファンクスの優勝が決まった。

クリスマスイヴあたりだから、小学校はもう冬休み。だがその冬休みが明けた三学期。おれはクラスの朝の会でこの試合のことを発表した。わざわざ手を挙げて、この試合のすばらしさをみんなに伝えたのだ。男子にも女子にも、先生にも。二週間以上、興奮は続いたということだろう。

実際、おれの始まりはそこだ。この試合を見て、おれは将来プロレスラーになろうと決めた。

串ものを焼きながら、何故か久しぶりに、そしていつの間にかそんなことを考えてたら。

「いらっしゃいませ」と衣麻が言うので、

「いらっしゃいませ」とおれも言う。

女性の一人客であることを目の隅で確認。珍しいな、と思ってると。そのお客さんがこちらへ歩いてくる。こちら。カウンターの奥だ。気配を感じて、おれは顔を上げる。で、言う。

「あれっ」

「よかった。気づいてくれた」と女性。

顔をちゃんと見たら、名前もぽんと出る。

「古内《ふるうち》さん」

「お久しぶりです」

古内君緒《きみお》さん。美鶴と同じ会社にいた人だ。二年先輩。昔、一度飲みに行ったことがある。飲みに行ったその席で、おれは美鶴と知り合ったのだ。

「おぉ。ほんとに久しぶり。二十年以上ぶり、だよね？」

「はい。なのによく覚えてましたね、名前まで」

「忘れないよ」

「一人なんですけど。いいですか？」

「どうぞどうぞ。座って」

おれのすぐ前のカウンター席、D卓に座ってもらう。

勘定をすませたお客さんを送りだした衣麻がすぐに戻ってきて、おしぼりを渡す。

「いらっしゃいませ」

「ありがとう」

おれは古内さんに言う。

「娘」

「え？」

「おれの」言い直す。「美鶴とおれの」

「じゃあ、衣麻ちゃん？」

「はい」と衣麻自身が言う。

「知ってるんだ？」とおれが古内さんに尋ねる。

「知ってます。それは早田《はやた》ちゃんに聞いてました」

「早田ちゃん。懐かしいな。そう呼んでたね」そしておれは言う。「古内さんは、確か、あれからすぐ大阪に行ったんだよね？」

「はい。異動になりました」

「今も大阪？」

「そうですね」

「会社も同じ？」

「はい」

「えーと、美鶴のことは、知ってる？」

美鶴が亡くなったことは、という意味だ。

「知ってます。戸部さんが引退なさったあと、しばらくして知りました。妻が亡くなったからやめると戸部さんがおっしゃったというのを、ネットのニュース記事か何かで見たんだと思います」

「そうか。古内さんにも伝えようかと思ったんだけどね。美鶴が会社をやめてもう十年以上経ってたから、伝えられても困るかとも思って」

「わたしも、戸部さんにどうにか連絡をとろうかと思ったんですけど。やっぱり、ご迷惑かとも思っちゃって」

「お母さんのお友だちですか？」と衣麻が古内さんに尋ねる。

「先輩だな、会社の」とおれが説明する。「古内君緒さん」

「初めまして」

「初めまして。まさかここで衣麻ちゃんに会えるとは」

「バイトさせてるんだよ」とおれ。「いや、してもらってる、だな。人手が足んなくてね。衣麻も来月からは大学生だから」

「あぁ。なるほど」

「でも大阪なら、今日はどうして？」

「出張です。本社に用があって。明日、朝イチの新幹線で帰ります。六時東京発ですよ」

「宿は？」

「ビジネスホテルです。八重洲《やえす》の」

「なのに、わざわざ来てくれたんだ？」

「まあ、近いですから。千代田線で大手町《おおてまち》から四駅だし。そういうことなので、お酒は軽く一杯だけ頂きます」

「何飲む？」

「えーと、レモンサワーはあります？」

「うん」

「じゃあ、それを」

「レモンサワーね」とおれが沢井くんに言う。

「はい。レモンサワー。お待ちを」

「料理はどうしよう」

「何かおすすめのものを」

「じゃあ、煮込みとしそ巻きかな」

「あ、しそ巻きって、早田ちゃんが好きだった」

「そう。よく覚えてるね」

「飲みに行くと、店にあれば必ず食べてましたもん」

「古内さんと行ったときも？」

「はい」

「ほかは、どうする？」

「ねぎだけの串って、できます？」

「できるよ」

「しいたけは」

「それもだいじょうぶ」

「じゃ、その二つを」

「一本ずつでいいよね？」

「はい。あと、玉子焼きも」

「ウチのは出汁《だし》巻きじゃなくて普通のだけど、いい？」

「家でよくつくるほうってことですよね？　お弁当なんかに入れる。甘めの」

「そう」

「わたし、そっちのほうが好きです。最近、お店ではあまり食べられないんですよね。特に居酒屋さんだと、当たり前に出汁巻きを置いてるところが多くて」

「普通のは家でも簡単につくれるから、店で食べるならそっちをって感じなのかな。お客さん側が」

「お酒には出汁巻きのほうが合う、んですかね」

「まあ、好みだけどね」

「もしかして、それも早田ちゃんが好きだったんですか？」

「いや。それはおれ。玉子焼きはさ、おれ、やっぱりそっちなのよ。そっちを出したくなっちゃうのよ。例えば唐揚げなんかとなら、そっちの玉子焼きを一緒に食べたくなるし」

「あぁ。それはそうかも。まさにお弁当の感じですね」

「そうそう」

「じゃあ、その玉子焼きも、お願いします」

「了解」

沢井くんがすぐにつくったレモンサワーを、衣麻が出す。

「いただきます」と古内さんが一口飲む。そして言う。「衣麻ちゃんは、お母さんに、似てる？」

「顔はお母さん似で性格はお父さん似だとよく言われます。といっても、言ってるのはお兄ちゃんですけど」

「何だよ。雄大《ゆうだい》はそんなこと言ってんのか」とおれ。

知らなかった。男同士だからか、そういうことはあまり話さないのだ。まず、美鶴のことをほとんど話さない。雄大の口から出る、お母さん、という言葉はもう何年も聞いてない。おれ自身、言わない。

美鶴が亡くなって十年になる。来月で丸十年。

急性心筋梗塞《しんきんこうそく》。まさに、急。いきなりだった。

美鶴は一人で墨田《すみだ》区の自宅マンションにいた。そこで倒れ、そのまま亡くなった。

朝は元気だったのに、夕方にはもういなくなってた。

おれは葛飾《かつしか》区の道場にいた。これから合同練習が始まる、というとき。わけもなく携帯電話を見た。十年前だから、スマホではない。二つ折りのガラケーだ。

伝言メモが一件残されてたので、それを聞いた。美鶴からだった。もしもし、はなし。

「何か胸が、苦しいのよ」

それだけ。語尾の、のよ、は小さかった。そのあとにしばし間があって、終わった。

着信は三十分ほど前。気になった。

すぐにこちらからかけてみた。美鶴は出なかった。伝言メモに切り換わるだけ。何度かけても同じだった。三度めあたりでメッセージを残した。美鶴、どうした？

折り返しがかかってくるのを待ちはしなかった。おれはレスラー仲間に事情を説明し、道場を出て自宅に戻った。タクシーに乗ろうかと思ったが、電車のほうが早いと思い直し、そちらをつかった。

六階までマンションの階段を駆け上った。自分のカギで玄関のドアを開けてなかに入ると。美鶴がキッチンで倒れてた。両手を胸に当て、体を丸めてだ。

目は閉じられてた。呼びかけても返事はなかった。反応自体がなかった。

おれはすぐに救急車を呼んだ。それはすぐに来てくれた。

が、ダメだった。病院に着いたとき、美鶴はすでに息を引きとってた。いや、たぶん、おれがマンションに戻ったときからすでにそうだった。携帯電話がわきに落ちてたから、おれにかけた直後に倒れたんだろうな。そしてすぐに逝《い》ってしまったのだ。亡くなったことを、病院で医師にはっきり告げられた。呆然《ぼうぜん》とした。意味がわからなかった。ただ驚くだけ。すぐには涙も出なかった。で、すぐには出ないんだな、と思った途端、一気に来た。そこでは、こんなに出るのかというくらい出た。病院で、医師や看護師の目もあったのにだ。

だがいつまでも泣いてはいられなかった。実際、泣いてたのは十分ぐらいだろうな。それからは涙を無理やり抑えこんで、一度自宅に戻った。学校から帰ってくる雄大と衣麻にお母さんが亡くなったと伝えなきゃいけなかったからだ。

そのときに初めて、美鶴がおれに電話をかけてくれてよかった、と思った。おれ自身が伝言メモに気づけてよかった、とも。もしそうでなかったら。小学六年生の雄大よりは早く帰宅するであろう三年生の衣麻が、倒れてる美鶴を見つけることになってたのだ。そうならなくてよかった。

雄大と衣麻。二人もやはり、すぐには泣かなかった。事情をうまく飲みこめなかったのだ。飲みこんだあとは、まあ、泣いたよな。病院でのおれと競るぐらいに。いや、それ以上に。

美鶴が亡くなったのを知ったその瞬間から、おれはこの問題に直面した。二人をどうするか、この先二人をどう育てるか、だ。

栄純くん一人では大変だろうから、雄大と衣麻をしばらくこちらで預かるよ。静岡県の浜松《はままつ》市に住む美鶴の両親はそう言ってくれた。おれの義父母だ。その両親と同居する美鶴の兄貴夫婦までもがそれでいいと言ってくれてたらしい。

同じことは、もちろん、伊勢原《いせはら》市に住むおれの両親も言った。親父と、そのころはまだ生きてた母ちゃんだ。やはり兄貴夫婦と暮らしてた両親。

だが人まかせにする気にはならなかった。とはいえ、おれがプロレスをやりながら一人で二人を育てるのは明らかに無理。道場で練習したり巡業に出たりしながら家事育児。できるわけがない。

おれは引退を決断した。

雄大と衣麻を育てる。それは、レスラーをやめてでもおれ自身がやるべきことだと思った。プロレスはどうでもいいとか、そういうことではない。美鶴がいなくなったから、おれ。当然なのだ。

沢井くんが器によそった煮込みを、衣麻が出す。

それを古内さんが食べる。

言ってくれる。

「おいしい」

「よかった。ありがと」

「煮込みって、家ではなかなかおいしくつくれないんですよね。絶対こんなふうにはできない。コクが出ない」

「デカい鍋でつくるからいいんだろうね。それでまさに煮込むから。ただ、家でも、圧力鍋をつかえばそこそこいけるんじゃないかな。もつの脂をとるとかお湯で洗うとかの下処理はちゃんとやらなきゃダメだけど」

「そこを、ちゃんとやらないんですよね。時短時短言っちゃって」

「まあ、そんなに家でつくるもんでもないしね。家でうまくつくられたら、おれらが困っちゃうよ。世のお父さん連中を店に呼びこめなくなっちゃう」

「って、戸部さん、すっかり料理人ですね」

「すっかり料理人だよ。もう十年だからね。料理人以外の何者でもないよ」

「十年、なんですね」

「うん。でもそうかぁ。古内さんは、大阪かぁ」

「わたし、ほんとはもう古内じゃないんですよ」

「ん？」

「正しくはシンマチ。結婚してそうなりました。新しい町で、新町。古いから新しいになっちゃいました。まあ、会社では旧姓をつかってるから、古内でもあるんですけど。つかい分けてますよ。古いと新しいを」

「ダンナさんとは、大阪で知り合ったの？」

「はい」

新町亮一《りょういち》さん、だという。

「歳下ですよ。二つ下。だから、早田ちゃんと同じ」

「おぉ。同じ会社の人？」

「いえ。向こうは旅行会社です。といっても、大手ではなくて。修学旅行とかの教育旅行を主に扱う会社」

古内さんがいるのは、いろいろなテープ材をつくる会社だ。絆創膏《ばんそうこう》みたいなものから、セロハンテープみたいなものまで。まさにいろいろ。美鶴もそこにいた。

「大阪の人？」

「いえ、東京です」

「そうなの」

「はい。それがきっかけで知り合ったみたいなもので。新町くんも東京なんだね、とわたしが声をかけた感じです。それで、こう、何となく」

「何となく」

「はい。話が合って、結婚までいきました。何となくなのに、わりと早く。ダンナもプロレス好きだったこともあって。戸部栄純と飲んだことがあると言ったら、うらやましがってましたよ。だから、すいません、戸部栄純に奥さんを紹介したのはわたしだとも言っちゃいました」

「それはいいよ。事実だから。でも、そうか、東京出身の二人が、大阪で結婚して、暮らしてるわけだ」

「あ、ダンナは今こっちです」

「え？」

「東京です。一年前に本社に戻ったんですよ」

「え、じゃあ？」

「今は別居中です」

「そうなんだ」

「東京の人だから、親のこともあって、そうしたんですよ。異動といっても、手を挙げたに近いんですかね。戻れるときに戻っておこうという感じで」

「へぇ」

「だから今は、二人と一人で分かれて暮らしてます」

「二人、はどっち？」

「わたしです。娘とわたしは大阪」

「娘さんがいるんだ？」

「はい。今、中一です。来月から中二。ムツキです。一月の終わりが誕生日なんで、そうしました。それなら新暦でも旧暦でも睦月だから」

「睦月ちゃんか。いいね。でも、二人じゃ大変だ、いろいろと」

「だからわたしも、異動の希望を出してます。もう去年から出してて。もしかしたらこの四月にいけるんじゃないかと期待したんですけど。それは無理でした。でも家の事情は会社も考慮してくれるらしいんで、十月か、来年の四月にはいけそうな感じです。そうじゃないと困っちゃうんですよね。来年は睦月も中三で、受験が絡んできちゃうから」

「あぁ。そうだね」

「大阪で高校に入ったら、そこでの転校は難しいし」

「でも、睦月ちゃん自身、転校は、いいの？」

「はい。むしろ東京に住んでみたいと言ってます。ダンナの実家もわたしの実家も東京だから、小さいころから何度も行ってますし。将来は東京の大学に行くと、小学生のころから言ってたくらいですよ。ただ。わたし大阪弁が抜けへんかも、と、そこだけは心配してます。東京の人って大阪弁とかいやがりそうやんなぁ、と」

「そんなことないでしょ」

「わたしもそう説明してますよ。東京の人自身がつかうエセ大阪弁はいやがるけどナチュラルな大阪弁はいやがらないからだいじょうぶ、と。少し盛って、女子の大阪弁はかわいいと思われるよ、くらい言っちゃってます」

「実際、かわいいよね」

「かわいいとよく言われるのは京都弁かも」

「いやぁ。大阪弁もかわいいよ。おれは好き」そしておれはちょうど空き皿を下げてきた衣麻に言う。「どう思う？」

「何？」

「大阪弁を話す女子って、かわいくないか」

「あぁ。かわいいね。中学でそこから転校してきた子がいたよ。かわいかった。わたしもまねようとしたけど、うまくできなかった。まねだと、ちがうんだよね。何か、あざとくなっちゃうの」

「ほら」とおれが言い、

「おぉ」と古内さんも言う。

ねぎにしいたけにしそ巻き。三本を、焼けた順番に出す。

古内さんは、どれもおいしいと言ってくれる。しそ巻きはともかく、ねぎとしいた

け は完全にねぎとしいたけ自身の手柄だが、そのおいしいという言葉はありがたく頂《ちょう》戴《だい》する。

次いで玉子焼きも出す。

やっぱりわたしはこっち。出汁巻きじゃなくてこっち。これもおいしい。古内さんはそうも言ってくれる。

今日はお昼ご飯を食べたのが午後三時すぎだったうえに明日は朝が早い。そして煮込みのヴォリュームも想像以上。ということで、注文はそこまで。

今度来たときにたっぷり頂きます、と言ったあとに、古内さんはこんなことも言う。

「それで、あの、戸部さん」

「ん？」

「お店の営業時間中なのに大変申し訳ないんですけど」

「うん」

「お線香を、上げさせてもらえませんか？」

「あ、美鶴に？」

「はい」

「おれはもちろんいいよ。古内さんも、いい？」

「ぜひ。ほんとにだいじょうぶですか？」

「だいじょうぶ」

沢井くんと衣麻に事情を説明し、焼台に載ってる串を焼ききってから、じゃあ、と古内さんに声をかける。

店の奥、ドアを開けた先にある狭い階段を上って二階へ。

そこの居間には、息子の雄大がいる。ソファに座ってテレビを見ながら、電子レンジでチンしたスパゲティを食べてる。おれのあとから古内さんも来たので、驚く。えっ？　と声を上げる。

「今、メシか？」とおれが尋ね、

「うん」と雄大が答える。

「お客さん。古内さん」次いでその古内さんに言う。「これ息子。雄大」

「初めまして。古内です」

「あ、どうも」

「ごめんなさい。お食事中にお邪魔しちゃって」

「いえ、あの」と言って、雄大はスパゲティの容器とフォークをソファの前のテーブルに置き、立ち上がる。で、どうしていいかわからない感じで、こう続ける。「えーと」

「お母さんの知り合いだ。会社で二年先輩だった人」とおれ。「店に来てくれたんだよ。線香を上げてくれるっていうんで、上がってもらった」

「ほんと、ごめんなさいね。わたしが無理言っちゃって。すぐ行きますから」

「いえ。あの、えーと、僕は、いても？」

「いいよ」とおれ。

「気にしないで、食べてて」と古内さん。

「あ、はい。えーと、はい」と雄大は何だかフガフガ言う。

いつもこんななのだ、雄大は。大学三年。来月からは四年。もう就職活動は始まってる。今は三年生でもう始まってしまうらしい。こんな感じでやっていけるのか。面接とかだいじょうぶなのか。と、ちょっと心配にならないでもない。

古内さんと二人、ソファの後ろを通って居間の隅に行く。そこに仏壇があるのだ。

大仰ではない、コンパクトなそれ。

居間の隅、と言うと聞こえは悪いが。日がよく当たる場所を選んだ結果だ。午前中から日が当たり、強い西日は当たらない。だからそこにした。

おれがあらかじめローソクに火を点《つ》け、仏壇の前に座布団代わりのクッションを置く。そこへ古内さんに座ってもらう。

古内さんは仏壇に向かって一礼し、合掌する。線香に火を点けて扇《あお》ぎ消し、それを香炉に立てる。そしておりんを鳴らし、再び合掌する。目を閉じて、結構長くする。

してくれる。

まさかの古内さん来訪。これは美鶴もうれしいだろう。おれだってうれしい。

結婚してから、家事と育児はすべて美鶴にまかせてきた。押しつけてきたと言ってもいい。おれは時間があるときに雄大と衣麻と遊んでやる程度。いや。遊んでやる、はよく言いすぎだ。おれ自身が遊びたかったときに二人と遊んだだけ。それでも美鶴は喜んでくれた。充分だと言ってくれた。

そのころのことを思いだす。

おれはプロレスラーだから、いわゆる高い高いを片手でやれた。今とちがい、左腕もまだちゃんと上がってた。真上にまっすぐ伸ばしたその腕の先、手のひらに雄大や衣麻を乗せるのだ。

二人が幼稚園児のときにやった。おれはそれを、高い高い、ではなく、マジで高い高い、と命名した。何それ、と美鶴は笑った。

はい、高い高〜い。マジで高い高〜い。

実際、かなり高かったはずだ。身長百八十八センチのおれがやるそれなのだし。

そんなに高いのだからさぞかし喜んでくれるだろうと思ったら。雄大は喜ばなかった。喜ぶどころか、大泣きした。こわがって暴れようとしたので、おれはあわてて下ろし、抱きかかえた。

それでも雄大は泣き止まず、ママたすけて、という感じに美鶴のほうへ両腕を伸ばした。だから預けた。美鶴が胸に抱き、片手で頭を撫《な》でてやると、雄大はすぐに泣き止んだ。女好きめ、と笑った。

だから雄大には一度しかしてない。

その経験があったから、幼稚園児になった衣麻には、やはり一度だけ試すつもりでやってみた。泣きそうになったらすぐに下ろすつもりでだ。

衣麻は喜んだ。泣くどころか、声を上げて笑った。両腕は真横、両足は後ろに伸ばして飛行機のような体勢になり、自分でバランスをとった。すげえな、と感心した。あわてて下ろす必要も美鶴に預ける必要もなかった。

そのあとも度々、パパ、マジで高い高いやって、と言ってくるようになった。小学校に上がってもまだ言ってきたので、衣麻はもう重くてあぶないからダメ、と最後にはおれが言った。

そんなかわいい二人を産んでくれた美鶴。育てられるところまではちゃんと育ててくれた美鶴。その美鶴に、おれは負い目がある。

亡くなってから思った。もう、すぐに思った。おれは美鶴自身がしたかったことを何もさせてやれなかったんじゃないかと。例えばおれと結婚してからも、いや、母親になってからでさえ、美鶴は会社で働きたかったんじゃないかと。

わたしは子どもとずっと一緒にいたいから会社はやめる、と言ってくれたが。それはまさに言ってくれただけ。おれが時間に不規則なプロレスラーだからしかたなくそうしてくれただけ。だったんだろうな。

自分で二人を育てると決めてからは、おれもすぐに動いた。すぐに引退を発表した。いやになってプロレスを捨てたとファンに思われたくなかったから、美鶴の死も公表した。

妻が亡くなったのでおれはプロレスをやめます。それだけ。子どもを育てなきゃいけないからとか、そういうのはなし。

居酒屋をやることに迷いはなかった。時期を早めただけのこと。美鶴と二人でやろうとしてたものをおれ一人でやるだけのこと。育てるなら、雄大と衣麻のそばにいる必要がある。自宅と店舗を兼ねた居酒屋をやれば、それができる。

目を閉じての長い合掌のあと、一礼。次いで古内さんは、おれと雄大にも頭を下げる。

立ったままのおれと雄大も下げ返す。

「ありがとね」とおれ。

「こちらこそ、ありがとうございます。よかったです、こうさせてもらえて」

古内さんは立ち上がり、またソファの後ろを通って、ドアのほうへ戻る。

「ありがとうございました」と雄大が言う。

「お邪魔しました。食事に戻って」と古内さんが返す。

狭い階段を下り、古内さんとおれは店に戻る。

だが戻っただけ。古内さんはもう席には座らずに言う。

「今日はこれができればいいと思ってました。でも営業中だから無理だろうなぁ、とも思ってて。本当によかったです。ありがとうございました」

「いやいや。ありがたいのはこっちだよ。まさか古内さんが来てくれるとは思わなかった。もし東京に戻れるようなら、また来てよ」

「来ます。そのときは、ダンナも連れて飲みに来ますよ」

「そうして。もしよかったらさ、睦月ちゃんも連れてきて。かわいい大阪弁を聞かせてよ」

「あぁ、そうですね。そうさせてもらいます」

会計はホール担当の衣麻にまかせた。おれがすすめた煮込みとしそ巻きの分はお代を頂かなかった。衣麻にそう言って、伝票から消させた。

「いや、いいですよ」と古内さんは言ってくれたが、

「おれが食べてもらいたかったんだからいいよ」と押しきった。

そして古内さんを店の外まで送った。東京メトロの千駄木駅までは歩いて一分もか

からないが、そうした。おれ自身が美鶴になったつもりで。

古内さんが地下鉄の出入口へと消えたあとも、すぐには店に戻らず、引戸と暖簾《のれん》を外から眺めた。

木製の引戸と、布製の暖簾。引戸は焦げ茶色。暖簾は白。そこには毛筆体の黒字で、とべ、と書かれてる。

白はすぐ汚れるから、頻繁に洗う。そうしてるうちに、くすんでくる。だが悪くないくすみだ。じき十年。いい色合いになってきた。何だろう。とりあえず落ちついた感じがする。この場所に居つけた感じがする。

美鶴が亡くなったとき、おれら戸部家は押上《おしあげ》のマンションに住んでた。東京スカイツリーがあるとこだ。その建設計画が立てられる前にもう買ってた。押上は、京成《けいせい》押上線と都営浅草《とえいあさくさ》線の始発駅。道場が四駅先の京成立石《たていし》にあったので、そこからならすぐ行けた。

マンションは中古で買い、十三年住んだ。もちろん、そのままずっとそこに住むつもりでいた。が、美鶴が亡くなったことで、事情が変わった。

自宅と居酒屋店舗を兼ねた物件。不動産屋にそれを探してもらった。押上がベストだが、ちょうど東京スカイツリーができたとこで、空き物件自体が少なかった。代わりに、不動産屋は文京《ぶんきょう》区でいいものを見つけてきてくれた。

それが千駄木のここだ。大きくはないが、三階建て。一階が店舗で、二階と三階が住居。おれと同じように急いでたらしく、時間をかけずに決めてくれるなら価格交渉には応じると売主さんが言ってくれてた。

ならばとすぐに来てみた。不忍《しのばず》通り沿い。駅も近い。この辺りの不忍通りはうまいことに片側一車線。騒音という騒音はない。一本なかに入れば住宅地。自分たちも住みやすそう。

一発で気に入った。飛びついた。

押上のマンションを売ったうえで、いくらか借金もした。まさに東京スカイツリーができたとこ。マンションの値も上がってたのでたすかった。

美鶴が入ってた生命保険。その死亡保険金も大きかった。美鶴が大学を出て会社員になったときに入り、そのまま続けてたのだ。

押上から千駄木への引っ越しで、雄大と衣麻は転校させることになった。雄大は小六で衣麻は小三。二人とも、それでいいと言ってくれた。

すぐに店の工事の手配をした。業者にはとにかく急いでもらった。

おれ自身、まずは食品衛生責任者の資格をとった。そして、二ヵ月だけだが、日本橋《にほんばし》の居酒屋『とみくら』で修業をさせてもらった。

店名は、店長岡野《おかの》富蔵《とみぞう》さんの名前から来てる。富蔵さんはとみぞうだが、店名はとみくら。

レスラー時代に自分が客としてよく行ってた。だから富蔵さんにお願いした。本当なら半年はやりたかったが、そうも言ってられないので、二ヵ月。突貫工事だな。おれの事情を知ってたからか、富蔵さんは快く引き受けてくれた。美鶴のことも知ってたのだ。おれが何度も連れてきてたから。

煮込み、すごくおいしい。と美鶴は言ってた。おれも同じ意見だった。あっさりではない。こってり。ドロッとしてコクがある。よくある煮込みがスープカレーだとしたら、こちらはカレー。何なら白ご飯にかけて、煮込み丼、にできてしまうタイプ。多めに入れられた木綿豆腐が米代わりにもなってる。

そのもつ煮込みを自分の店で出したかった。それと、串焼きのなかでも特に美鶴が好きなしそ巻き。その二つだけはうまい店にしようと決めた。

『とみくら』での二ヵ月の修業のあとは、開店準備に追われた。美鶴が亡くなってから四ヵ月で、どうにか開店。初めお客さんは入らなかったが、少しずつ入ってくれるようになった。目にはつくのだ。駅の近くで、主要道沿いだから。あらためて、立地の大事さを痛感した。

メニューは串焼きが中心。ほかは煮ものや炒めもの。お客さんの要望を聞きながら、少しずつ品を増やした。刺身も出すようになった。今ではまぐろやたこやいかだけでなく、その時季の旬のものも出す。

コロナに見舞われたここ二年はきつかったが、どうにかやってきた。悪くない店になった。そうできた。と自分では思う。

決して広くはない。カウンター八席と四人掛けのテーブル席が四つと二人掛けのテーブル席が二つ。二十八人でもう満席。貸切の場合は三十人まで。テーブル席は1番から6番まで。カウンター席はA卓からD卓まで。そう分けてる。カウンターの一人客ならA1さんやC2さん、となる。

営業は午後五時半から十一時、定休日は日曜と祝日。一応、五時半としてるが、実質、五時。それからの三十分は、おれら店の者が賄いを食べる時間なのだ。

だから、お客さんが来てくれたら入れてしまう。おれが食べるのを切り上げるとか、沢井くんが食べ終えてたらまかせるとかして、対応する。沢井くんは元レスラーのおれより早食いなのだ。学食でも五分で食べて残りの休み時間は司法試験のための勉強に充ててたらしい。

ここが戸部栄純の店であること、を押し出してはいない。店内にプロレス関連のポスターを貼ったりはしてないし、もらったトロフィーを飾ったりもしてない。プロレス技を思わせる料理名を付けるとか、そんなこともしてない。まあ、どこにでもあるごく普通の居酒屋だな。

とはいえ、おれが戸部栄純であることを隠すつもりはない。この顔と体でカウンターの内側にいるのだから、隠しきれるわけもない。髪はレスラー時代より短く刈りこんでるし、コロナ対策のマスクも着けてるが、知ってる人なら気づいてしまう。

もちろん、プロレスの話もする。レスラー時代のことを訊かれれば答えもする。実際、それ目当てで来てくれるお客さんも少しはいるのだ。引退して十年も経つのに。

店名は、『とべ』。『とみくら』をまね、ひらがなにした。飛べ、という感じが出るのは何かいいなと思って。

その、とべ、の文字に触れてみる。何度も洗ったためか、開店したときよりは暖簾の生地が薄くなったような気がする。だがその分、触り心地はいい。

とべ、と読めなくなるまではこの暖簾でいきたい。暖簾がペラッペラになるまで店は続けたい。

でも、無理だろうな。大学出の雄大に、しかも理系の大学を出る雄大に、店を継がせるわけにもいかないから。

雄大自身はどう思ってるのか。まあ、継ぎたくはないよな。

結局、常連のお客さんが増えてくれたから、おれは店をやってられる。

この二年はコロナで本当に大変だったが、常連さんは、店を開ければ来てくれた。開けてよ、と言ってくれもした。ありがたい。

昨日は古内さんが座ったカウンター席のD卓に、今日は吉崎滋正《よしざきしげまさ》さんが座ってる。隣の宮木達臣《みやぎたつおみ》さんと二人で飲んでる。

日本酒を熱燗《あつかん》でやってる。まだ三月だから無理もないが、吉崎さんに季節や気温は関係ない。真夏でも熱燗でいく。店はクーラーが利いてるから充分でしょ、と吉崎さんは言うのだ。そう。エアコンとは言わない。クーラー。その吉崎さんと同席するときは、宮木さんも熱燗に付き合う。

来店してまだ一時間だが。吉崎さんはすでに出来上がってる。歳をとったからか、最近は本当に早いのだ。出来上がりが。

今もこんなことを言う。毎回言うのだが、今日も言う。これが出来上がりの合図でもある。

「歳をとってくるとさ、やっぱり熱燗がいいのよ。体を冷やしたくないんだな」

宮木さんはこう返す。

「吉崎さん、若いころからずっと熱燗だったって言ってたじゃないですか」

「若いころからおれは歳をとってたのよ。だって、ほら、もう十五で飲んじゃってるから」

「それ、今だったらヤバいですよ。停学じゃすまないかも」

「いや、今の子も飲むだろ」

「いや、今の子は飲みませんよ」そして宮木さんは言う。「でも吉崎さん、あれですよ、夏はある程度冷たいものも飲むようにしたほうがいいですよ。でないと、知らないうちに熱中症になっちゃいますから。歳をとると、若いころほど暑さを感じなくなるからまずいらしいです。僕の歳だって、もう油断してるとあぶないみたいだし」

吉崎さんは今年六十九歳で、宮木さんは今年四十五歳。ともに巳年《へびどし》生まれ。干支《えと》二まわりちがいだ。二人はこの『とべ』で知り合った。

吉崎さんは近くにある吉崎理髪店の店主。ウチがオープンしてすぐに来てくれた常連さん一号、と言っていいかもしれない。

吉崎さんがウチに来てくれるから、おれも吉崎さんの店に行く。そこで髪を切ってもらう。付き合いでという面もあるが、落ちつくのだ。予約を入れておけば待たされることもない。安い店だと顔剃《かおそ》りなんかはしてくれないし、何よりもまず落ちつかない。顔に熱いタオルを載せられて肌をじっくり蒸されるあの感じ、時間をたっぷりかってやってもらえるあの感じが、おれはとても好きなのだ。

一方の宮木さんは、総合毛髪関連会社、平たく言えばかつらをつくる会社の社員。それがきっかけで、二人はよく話すようになった。お互い髪を扱う商売なわけだ。

こっちは減らして、そっちは増やす。敵のように見えて仲間だな。と、吉崎さんがそう言って。

以来、二人はここで会えば同席する。わざわざ約束したりはしないが、片方が先にいてもう片方があとから来れば、一緒に飲む。二十四歳差の二人のそれ。いい関係だと思う。

で、今日は月曜。珍しく、アルバイトの沢井くんが休み。何か予定があったらしく、休ませてほしいと前から言われてた。

月曜だから衣麻と二人でいけるかと思ったのだが。午後七時半を過ぎたあたりでお客さんが一気に来てしまい、ちょっときつくなった。

そこで。おれが頼んだわけではないが、衣麻が上に行き、雄大を呼んできた。そしてホールをまかせた。いつもの沢井くんの役を衣麻がやり、衣麻の役を雄大がやる感じだ。雄大は会計のことまではわからないから、それも衣麻がやる。

おれも衣麻も着てる藍色《あいいろ》の作務衣《さむえ》を着て、雄大がホールに立つ。下は自前のチノパンだ。部屋着のスウェットパンツから穿《は》き替えてきてくれたらしい。

こんなことは、年に二、三度ある。雄大が上にいなければそれまで。今日はいてくれてよかった。

「悪いな」とカウンターの内側からおれは言う。

「いいよ」と雄大は返す。

「メシ食ったか？」

「まだ」

「じゃ、あとで出すよ。落ちついたら」

「うん」

店を開けてる日の晩ご飯は雄大が自分で食べることになってる。大学生になってからはずっとそうだ。たまには、今日はつくってもらってもいい？　と雄大が言ってくることもある。そんなときは、野菜炒めか何かをつくってやる。

「お、雄大、久しぶり」と吉崎さんが言い、

「こんにちは」と雄大が言う。

「おいおい、居酒屋でこんにちはってことないだろ」

「こんばんは」

「あ、息子さんですか」とこれは宮木さん。

「宮木くんは初めて？」

「はい。聞いてはいましたけど、会うのは初めてです」

「そうか。これが戸部ちゃんの息子だよ。雄大」

「こんばんは」と雄大。

「こんばんは。吉崎さんの弟子の宮木です」

「弟子って何よ」と吉崎さん。

「いや、毛髪業の」

「おぉ。毛髪業か。雄大、もし髪が薄くなったら、この宮木さんに相談しな。いいかつらをつくってくれるから」

「かつら屋さん、なんですか？」

「そう。ただ、髪があるうちにはウチにも来てな」

「はい」

「見た感じ、雄大はだいじょうぶ。薄くはなんないよ」

「ほんとですか？」

「ああ。もし外れたらごめんな。そのときは宮木くんに頼って」

焼き上がったレバーの皿とタンの皿を雄大に渡す。レバーはタレで、タンは塩。皿は別。健康志向から、最近は何でも塩にする人が多いが、ウチのレバーはタレがうまい。

「これ、6番さんな」

「6番さん」と雄大が復唱する。

そのぐらいは言わなくてもやってくれる。出しまちがいがないようそうしてくれと、アルバイトさんたちにはいつも言うのだ。

雄大がその皿を6番さん、一番奥の四人掛けテーブル席に持っていく。

それでちょっと手が空いたので、おれは訊いてみる。

「吉崎さん、おれはどうですか？」

「ん？　何が？」

「おれは、薄くなりますか？」

「あぁ。戸部ちゃんもだいじょうぶでしょ。だって、今いくつだっけ」

「五十三です。来月五十四」

「その歳でそれならだいじょうぶだよ。抜け毛とか、気になったことないでしょ？」

「特には、ないですね」

「まあ、これから全体的に薄くなってはいくだろうけど」

「白髪は増えてますけどね。鼻毛にも白いのがありますよ」

「それはしかたないよ」

「もしものときは、やっぱりウチでお願いしますよ」と宮木さんが言う。「ウィッグ、もしくは増毛を」

「うん。必要になったらぜひ。思いきって、長髪のやつにするかな。レスラー時代みたいに」

「飲食店で長髪はダメだろ。いきなり長髪になるのも変だし。戸部ちゃんがそうなったら、おれ、笑っちゃうよ」

そう言って実際に笑い、吉崎さんは手にしかけた徳利《とっくり》をカタンと倒してしまう。

宮木さんが素早く押さえてくれたので床には落ちないが、なかの日本酒はカウンターにこぼれる。

布巾《ふきん》を持った衣麻がすぐに駆けつける。

「だいじょうぶですか？」

「めんごめんご。だいじょぶだいじょぶ」と吉崎さんは言うが。

めんごめんご、が出たらもうダメだ。

おれは言う。

「吉崎さん、今日はもう帰んな。奥さんに怒られちゃうから」

「いや、何の何の。怒らせないよ」

「いやいや。おれが怒られちゃうのよ」

ウチのは調子に乗るとグイグイいっちゃうから、あんまり飲ませないでね。と奥さんに言われてるのだ。

「僕が送り届けますよ」と宮木さんが言ってくれる。「はい、吉崎さん、行きましょう」

「じゃ、ウチで飲むか？」

「いやいや。それじゃ僕も怒られちゃいますよ」

「怒らせないよ」とやはり吉崎さんは言うが。

いざ本気で奥さんに怒られると、結構シュンとしてしまう。決してタチが悪い酒飲みではないのだ。

衣麻が素早く会計をすませ、吉崎さんと宮木さんが帰っていくのは、午後九時前。ともに住まいは近所。吉崎さんは三分かからない。宮木さんも五分はかからない。

吉崎さんを送っていったとしても十分弱だろう。

お客さんの入れ替わりどき。ほかにも二組のお客さんが帰ったので、そろそろ雄大の晩ご飯を用意しようかと思う。

が、そこへまたすぐに別のお客さんが入ってくる。男女のカップルだ。

「いらっしゃいませ」と衣麻が言い、
おれと雄大も続く。

男性はスーツ姿。顔を見てすぐに気づく。おれは言う。

「おぉ。佐瀬《させ》くん」

「どうも。お久しぶりです」

「何、来てくれたの？」

「はい。二人、いいですか？」

「どうぞ」

吉崎さんと宮木さんが座ってたカウンター席、D卓に座ってもらう。案内したのは雄大だ。

おれが店を始めたときにアルバイトをしてくれた佐瀬守人《もりひと》くん。

大学時代は、沢井くん同様、千駄木に住んでた。JRの日暮里《にっぽり》駅から池袋《いけぶくろ》まで通ってた。就職したのは、建設機械をつくる会社だ。何年かして、平塚《ひらつか》の工場に行くことになったとあいさつに来てくれた。そして一昨年《おととし》。コロナの合間を縫って、また来てくれた。そのときに、赤坂《あかさか》の本社へ戻ったのだと聞いた。

カウンター内、おれの横にいる衣麻が尋ねる。

「お飲みものはどうなさいますか？」

「えーと、じゃあ、生を」と佐瀬くんが言い、

「わたしも」と女性が言う。

「中生でよろしいですか？」

「はい」と佐瀬くん。

女性に向けて、衣麻が言う。

「小もありますけど」

「あ、じゃあ、わたしはそれをお願いします」

「はい。中と小をお一つずつ」

衣麻がすぐにビールをサーバーからジョッキとグラスに注ぎ、ホールの雄大経由で出す。

二人が乾杯するのを待って、おれは言う。

「佐瀬くんが女性を連れてくるのは初めてだね」

カノジョ？　とは訊かない。ちがったら困るから。

だが佐瀬くんは自ら言う。

「今度結婚することになりまして。今日はそのご報告に」

「おぉ。それはご丁寧に。おめでとう」

「ありがとうございます」

カノジョは平川波音《ひらかわなみね》さん。大学が同じだったという。今はチケット会社に勤めてるそうだ。

「料理は、どうする？」とおれが佐瀬くんに尋ね、

「どうする？」と佐瀬くんが平川さんに尋ねる。

「モリにまかせるよ」

「じゃあ、えーと、きすの天ぷらと、大根サラダ。串はピーマンとハツとカシラ、でお願いします」

「ピーマンとハツとカシラね。了解」

「あ、やっぱりあと、鶏の唐揚げもください」

「きすも唐揚げもありでいい？」

「はい。ここ、実は唐揚げもうまいですからね。隠れた人気メニューですよ」

「いや、別に隠してないよ」

大根サラダは衣麻にまかせ、おれはさっそく串ものを焼きにかかる。ピーマンはすぐに焼けてしまうから、まだ。まずはハツとカシラ。

唐揚げと天ぷらは串もののあとだ。きすは一度だが、鶏は二度揚げする。時間も手間もかかるが、それは必ずする。そうすることで、うまさが増すのだ。衣はカリッとし、肉はふっくらする。油をつかうことが避けられないなら、せめて少しでもうまくしたいよな。

ハツとカシラの串をひっくり返してると、佐瀬くんに訊かれる。

「店長、肩はどうですか？」

「ん？」

「左腕、上がってます？」

「あぁ。上がって、ないねぇ。佐瀬くんがいたころはさ、頭の高さまでは上がってたような気がするんだよな。でも最近は、歳食ったせいもあるのか、肩までしか上がんないね。そっち側の上のほうにあるものは、全部とってもらうよ」

「痛い、んですか？」

「痛くはないんだけど。何か、上がんないんだよね。構造的に無理というか。強引に上げようとすると、やっぱり痛いな。ゆっくりやればいけんのかもしんないけど、そんなことしてたら串が焦げちゃうから」

「大変ですね」

「もう慣れてるよ。どうしてもってときは、右手でいきゃいいんだし」

「まあ、そうですけど」

今度はおれが佐瀬くんに訊いてみる。

「で、結婚はいつ？」

「六月ですね」

「ジューンブライドだ」

「そんなつもりはなかったんですけど、結果的にそういうことに。ジューンブライドって、聞こえはいいけど、結局六月だから、結構な確率で雨が降っちゃうんですよね」

「梅雨なのか」

「はい」

「でも、屋外で式とか披露宴とかをやるわけじゃないでしょ？」

「そうですけど。来てくれる人に悪いなと」

「結婚したらどこに住むの？」

「それなんですよ。新居をどうしようかと思って。僕は会社が溜池山王《ためいけさんのう》で、波音は渋《しぶ》谷《や》なんですよね。だから、渋谷起点の井《い》の頭《かしら》線とか田園都市《でんえんとし》線の沿線かとも思ってたんですけど。逆に東側もありかなと。そうすれば、会社帰りに都心部のいろいろなここに寄れますし」

「あぁ」

「考えたら、僕は国会議事堂前《こっかいぎじどうまえ》でもいいし、波音も表参道《おもてさんどう》でいいんですよ。それだとどっちもここから千代田線一本で行けるんですよね。だから、ここにしようかと」

「千駄木？」

「はい。僕は学生のときに住んで知ってるし、気に入ってもいるんで。そうすれば、このお店にも通えますしね。だから、波音を連れて、下見に来てみました。久しぶりに団子《だんご》坂《ざか》を歩きましたよ。森鷗外《もりおうがい》記念館のとこまで行ってきました。夜なんで閉まってましたけど。波音は文学部卒で、森鷗外が好きなんですよ」

「へぇ」

平川さんが笑って言う。

「好きだから、坂はちっとも気になりませんでした」

「記念館。近いけど、おれは入ったことないなぁ。文学とかそういうのには疎いんで」

「戸部さんは、プロレスラーさん、なんですよね？」

プロレスラーさん、というその言葉に笑う。

「そう。元だけどね」

「わたし、お名前は知ってましたよ」

「あ、ほんと？」

「はい。中学生のころ、プロレスを好きな男子が周りにいたので」

「そうか」

「昔戸部さんのお店でアルバイトをしてたとモリに聞いて。行ってみたいなと、ずっと思ってました。戸部さん、思ったほどは大きくないですね」

「引退して十年だからね。しぼんだよ」

「いえ、そんな。わたしの予想がいき過ぎてました。まさに巨大な人なんだろうと思ってしまってたので」

「巨大な人って」と佐瀬くんが笑い、言う。「で、あの、店長」

「ん？」

「さっきからずっと思ってるんですけど」

「うん」

「そこにいらっしゃるのは、もしかして、衣麻ちゃんですか？」

おれが答える前に、衣麻自身が言う。

「はい」

「うわ、ほんとに？　というか、ほんとだ。衣麻ちゃんだ」

「わかりますか？」

「わかるよ。ジロジロ見ちゃいけないと思って、そんなには見ないようにしてたんだけど。やっぱりそうだよね。衣麻ちゃんこそさ、僕のことわかる？」

「わかります」

「ここにいたのはかなり前だけど」

「でもわかりますよ」

「何、もうここで働いてるの？　手伝い？」

「まあ、そうですね。来月から大学です」

「あぁ。高校を卒業したとこだ」

「はい。で、今日はたままいるだけですけど」

そう言って、衣麻がホールの雄大を見る。

「えっ？」と佐瀬くん。「もしかして、雄大くん？」

「こんにちは」

「こんばんはでしょ」と衣麻。

「こんばんは」

「こんばんは。あ、ほんとだ。雄大くんだ。ごめんごめん。気づかなかった。まさかいると思わないから。じゃあ、何、家族でやってるの？」

「今日はほんとにたまたまです」と衣麻が説明する。「アルバイトの人がお休みで、お兄ちゃんがちょうど二階にいたんで」

「雄大くんは、えーと、今」

「今度大学四年です」とこれも衣麻。

「そうだ。三歳ちがいだもんね」

「はい」

「すごいな。まさかご家族全員に会えるとは思わなかった」

そう。家族全員だ。佐瀬くんは、三人になってからの戸部家しか知らない。美鶴のことは知らないのだ。話としては知ってるが、会ったことはない。

「ここはいずれ雄大くんが継ぐんですか？」

佐瀬くんにいきなりそんなことを訊かれ、ちょっとあせる。

間を置いちゃいけないと思い、平静を装って、言う。

「さあ、どうだかねぇ」

佐瀬くんも答を、というか正解を欲してたわけではないらしい。店内を見まわして、すぐにこんなことを言う。

「店、何か微妙に変わったなぁ、と思ったら。字が変わったんですね。あれの字が」

壁に貼られた手書きメニューのことだ。カキフライ、だの、ポテトサラダ、だの、鳥わさ、だの、なめこおろし、だのと書かれ、その下に値段も書かれた紙。暖簾と同じく、白地に黒文字。短冊みたいなそれだ。

「全部衣麻に書き直してもらったんだよ」とおれは言う。「前のがちょっと古くなってきたんで、気分一新。おれよりはずっと字がきれいだからさ。それが衣麻のバイトとしての初仕事みたいなもんだな」

「へぇ。確かにきれいですね。習字か何かやってたとか?」

「やってません」と衣麻が応《こた》える。「お父さんよりはうまいっていうだけ。だから、誰が書いたっていいんですよ。たいていの人はお父さんより字がうまいから」

「でもすごく読みやすいですよ。いいですね。やわらかみがあって。それでいて、変に女性っぽくなくて」

「おれもそう思うよ」

本当にそう思う。衣麻の字は、美鶴の字と似てるのだ。美鶴も字がうまかった。急いで書いてもきれいだった。

付き合い始めたころは、まだそのことを知らなかった。携帯電話のメールなんかでやりとりをすることが多かったからだ。だがもう少し近づき、手書きの字を見るようになったときに、あぁ、いいな、と思った。字がきれいな人はいいな、と。それでより惹《ひ》かれた感じもある。

「前の字は」と佐瀬くんが言う。「誰が書いたか覚えてます？」

「いや」

「実は僕ですよ」

「えっ？　そうだっけ」

「店長と僕が試しにいくつか書いてみて、店長のよりは僕のでってことになったんですよ。審査員が衣麻ちゃん」

「審査員？」

「たまたま店にいた衣麻ちゃんに店長が訊いたんですよ。どっちがいい？って。で、まだ小学生だった衣麻ちゃんが僕のほうを選んで。店長、結構へこんでましたよ」

「そうだった？」

「はい」

「でも、そうかぁ。オープン前はバタバタしてたから全然覚えてないけど。佐瀬くんは初代バイトだもんな」

「ですね。僕はオープンの三日ぐらい前からバイトとして入って。それをやったのは、確かオープン前日ですよ。カウンターとテーブルに置くメニューはもうあったんですけど、店長が急遽《きゅうきょ》、このままじゃ何かさびしいから壁に手書きメニューを貼ろう、と言いだして。僕が書いて、店長が貼りました。それでやっと準備完了でしたよ」

「あぁ。そういやそんなだったか。ほんと、あわただしかったもんね。おれも店やんのは初めてで」

「僕も居酒屋バイトは初めてでしたよ」

「綱渡りだな」

「でも楽しかったですよ。不思議な感じでした。プロレスを引退したばかりの店長の店で働くわけだから」

「おれは不安だらけだったよ」

「荒っぽいお客さんが来てもだいじょうぶだと、そこだけは安心してましたけどね。まさか店長に絡んでくる人はいないだろうし。僕の学生時代の一番の思い出は、やっぱりここで働いたことですよ。就活の入社面接でも、それ推しでいきましたもん。店長の名前は出さなかったですけど、オープンした居酒屋を店長とともにつくりあげていく喜びを知り、みたいなことはよく言ってました。僕は何もつくりあげてないんですけど」

「いやぁ。佐瀬くんがいてくれておれもたすかってたよ」

「正直、三ヵ月ぐらいやればいいと思ってたんですよね。学生バイトなんて三ヵ月でも長期だし。それをまさか三年やるとは思いませんでした」

「そうか。そんなにやってくれたんだね」

「三年以上ですよ。就職が決まったあともまたやらせてもらいましたから」

「あぁ。そうだったそうだった」

「覚えてます？　僕が二十歳になったとき、店長、カウンターのなかでビールを開けてくれたんですよ。仕事の合間でしたけど、大瓶の栓を抜いて、グラスにビールを注いでくれて、おめでとう、これからもよろしくって。あれはうれしかったですよ。そこまでは、僕が未成年だったから、そういうことはなかったんですけど」

「それは覚えてるよ。誕生日だよね？」

「はい。誕生日そのものを、よく覚えててくれましたよね」

「少し前に聞いてたんだと思うよ」

「そしたら、カウンターでそれを見た常連の吉崎さんまでもが僕にビールをおごってくれて」

「そう、だったかも。吉崎さん、ついさっきまでいたんだけど、帰っちゃったよ」

「よろしく言っといてください。って、僕のことは覚えてないか」

「いや、覚えてるよ。最初にいた兄ちゃん、とは今もよく言うから」

「おぉ。それもうれしいです。いい店ですよね、ここ」

「どうかなぁ。従業員の誕生日を祝ってビール開けちゃダメでしょ。仕事中に飲んじゃってるわけだから」

「居酒屋はそれでいいんじゃないですかね。お客さんにすすめられたビールを断る店よりは、断らない店のほうがいいですよ」

「それは、まあ、そうだな」

「店はなくさないでくださいよ。久しぶりに来て、思いました。もう、引戸を開けた瞬間に思いましたよ。この店は、やっぱりいいです。働いてたときもそう思ったし、客として来てもそう思うんだから相当ですよ」

衣麻が大根サラダを出す。おれがピーマンとハツとカシラを出し、間を置いてきすの天ぷら、次いで鶏の唐揚げも出す。

佐瀬くんと平川さんは、それぞれお代わりの中生小生を飲む。

二人の邪魔はもうしない。楽しげに話す二人を、ただ見る。とてもいいカップルに見える。結婚後もずっと仲よしでいてほしい。ちゃんと老夫婦になってほしい。おれと美鶴はなれなかったそこに、ちゃんと行き着いてほしい。

やがて佐瀬くんがおれに言う。

「唐揚げ、相変わらずうまいですね」

「ありがと」

「専門店みたいですよ」

「専門店は二度揚げするっていうんで、それをまねたからね。最近はさ、にんにくを弱めにして、漬けこみダレに、すりおろしたたまねぎをちょっと入れてんのよ。ほら、にんにくは、なかには敬遠する人もいるから」

「あぁ、言われてみれば、前はもうちょっとにんにくが強かったかもしれないですね。すごいな。進化させてるんですね、唐揚げも」

「コロナで店を閉めてるあいだにあれこれ試してみたのよ。時間があったから」

「さすが店長」

「いや、誰だってするだろ、そのくらい」

「決めました。僕ら、千駄木に住みますよ」

「え？」おれは佐瀬くんにでなく、隣の平川さんに尋ねる。「いいの？」

「はい。森鷗外がいて戸部栄純さんもいるんだから最高ですよ」

「いや、森鷗外はもういないけどね」と佐瀬くんが笑う。

「記念館で充分です」と平川さんも笑う。「戸部栄純さんは本物ですし」

それにはおれも苦笑する。おれと森鷗外。並べちゃまずいだろう。

だが、まあ、いい。佐瀬くんの結婚。そして千駄木への転居。めでたい。

「ということで、店長」

「ん？」

「僕らの式と披露宴に来てくれませんか？」

「え？」

「店が休みの日曜にしますから」

「あぁ。いや、おれはいいけど。佐瀬くんたちが、いいの？」

「もちろんです」

「おれ、ただのバイト先の店長だけど。そんなめでたい席に行っちゃってだいじょうぶ？」

「いやぁ、店長が来てくれたらみんな喜びますよ」

「驚きはするかもしんないけど、喜ぶかなぁ」

「まちがいなく喜びます。六月。雨が降っちゃったら申し訳ないですけど、お願いします。日時がはっきり決まったらお伝えしますんで」

「うん。頼むわ」

佐瀬くんと平川さんが三杯めを頼む。佐瀬くんはハイボールで、平川さんはライムサワー。

その後も店の混みは続く。これは予想外。うれしい誤算だな。

金曜は必ず混む。それは決まってる。天気がどうであれ、混む。ウチは近所に住むお客さんも多いので、土曜もそこそこ混んでくれる。休みの夜にふらっと来てもらえる。

それ以外は、まあ、普通。曜日によるちがいはあまりない。ただ、月曜は意外とこういうことがあるのだ。休み明けで居酒屋が恋しくなってくれるのかもしれない。とりあえず一日終わったからいいや、飲んじゃえ、となってくれるのかもしれない。

そんなことを考えながら、川海老《かわえび》の唐揚げとげそ焼きの皿をカウンターに置き、雄大に言う。

「1番さんな」

「うん。1番さん」

「悪いな。メシ」

「いいよ」

雄大が二つの皿を運ぶ。衣麻ほど愛想がいいわけではないが、別に悪いわけでもない。口数が少ないだけだ。理系大学生。やはり、飲食店をやるタイプではない。

ウチの締めのメニューには、焼きそばと焼きうどんとお茶漬けとおにぎりがある。焼きそばと焼きうどんは中華鍋でつくる。本当は鉄板をつかいたいとこだが、カウンター内にそれを置くスペースがない。だからそこは中華屋のように中華鍋をつかう。具や麺《めん》がジュウジュウいう音に、中華鍋と中華お玉が触れ合うコッコッいう音が交ざる。まさに中華屋でおなじみのあの音だ。

雄大が、各テーブル席から空き皿を下げてくる。

何度めかのときに、言う。

「店は継がなくていいからな」

さっき佐瀬くんにいきなり訊かれて答えたことが、気になってたのだ。ここはいずれ雄大くんが継ぐんですか？　と訊かれ、さあ、どうだかねぇ、と答えたあれが。ちょっと不用意なことを言ったな、と。

かまえて言うよりはこんなふうにそれとなく言ったほうがいいと思ったのだが。雄大は、動きを止めることもなく振り返ってしまう。そのまま行ってしまう。

聞こえなかったらしい。中華鍋のジュウジュウとコッコッ。調理の音が邪魔をしたのだ。おれにとってはかなり大事なことだったのに。

次来たときにもう一度言おうか、と思う。が、実際に雄大が次来たときも、言わない。

むしろ言わなくてよかったのだ、と思う。そんなことをわざわざ言っておく必要はない。継いでくれ、ならともかく。継がなくていい、は言わなくていい。継いでくれと言わなければそれですむ話なのだ。

そもそもこの店は、おれが働きながら雄大と衣麻を育てるために始めたもの。二人が成長して家を出たら、あとはいい。やれるとこまでおれがやって、やめればいい。おれと店の役目はそこで終わりだ。雄大も衣麻も、特に反抗期と言えるようなものもなく、ここまで育ってくれた。充分だ。ここから先は、好きなようにやらせたい。

あとはもう。二人とも、生きていてくれればそれでいい。


朝起きたら、ジャージを着て、裏の公園に行く。それがおれの日課だ。

朝といっても、早くはない。午前九時すぎ。むしろ遅い。店が午後十一時までなので、それから片づけたり何だりで、寝るのはいつも午前二時。だからいつもそうなるのだ。

文京区立須藤《すどう》公園。そこで朝の空気を吸い、ストレッチをやる。それなりに広い公園ではあるが、運動をするようなスペースはない。立ったままあれこれやるだけ。

では何がある公園なのかと言うと。いろいろある。もとは庭園だったらしい。園内の高低差を利用した滝がある。その水が流れこむ池には藤棚が設けられてる。池に架けられた橋の先には弁財天もある。大木も多い。

江戸《えど》時代の加賀《かが》藩の支藩である大聖寺《だいしょうじ》藩の屋敷跡、だそうだ。その後、長州《ちょうしゅう》出身の政治家品川弥二郎《しながわやじろう》の邸宅となり、実業家須藤吉左衛門が買いとった。で、須藤家が公園用地として寄付。現在に至ってるらしい。来てみればわかる。歴史を感じさせる公園だ。

池を眺めながら、おれはストレッチをする。上には伸びない左腕を横に伸ばしたり。ひざを曲げたり伸ばしたり。

次いで、その場で跳ねてみる。まずは軽く。それからは、徐々に力を込めて、二度、三度。四度、五度。

全力でも、そう高くは飛べない。もうバタフライ・プレスは無理かもな、と思う。ただのダイビング・ボディ・プレスだから、やってやれないことはない。が、飛ぶ感じにはならないだろう。たぶん、ただ落ちる感じになる。躍動感は出せない。腕も、二回程度しかまわせないかもしれない。しかも右腕のみ。まさに、うわ、落ちる落ちる、みたいになっちゃうはずだ。

美鶴とも、朝、こんなふうに体操をしたことがある。押上のマンションに住んでたとき。近くの公園に二人で行き、軽く体を動かすのだ。

誘ってきたのは美鶴のほう。雄大を身ごもり、安定期に入ったころだ。軽めの運動はしたほうがいいと医師に言われ、付き合ってと美鶴自身がおれに言ってきた。だから応じた。二人めの衣麻のときもそうしたよ。おれが二歳の雄大を抱き、美鶴が体操。おれだけでなく、美鶴もジャージ姿。うわぁ、ジャージなんて高校のとき以来。なんて言いながらも、美鶴は自分で買ったそれをうれしそうに着てた。色は紺。学校の先生みたいだな、と言ったら笑ってた。

わたしね、運動はとにかくダメなの。もう、全部ダメ。体育でバスケットボールとかやるでしょ？　シュートなんて一度も入れたことないよ。だって、まず、ボールがあのリングに届かないんだから。バドミントンとかも、ほぼ全部空振りしてたし。ラケットに当たるのは、最初に自分がシャトルを持って打つときだけ。いや。そのときでも、二回に一回は空振りしてたかも。だからね、打ち合いになんてならないの。ラケットを素振りする競技、みたいになってた。

見たかったたな、と今になって思う。美鶴とバドミントン、やっときゃよかったよ。

「あ、おはようございます」と声をかけられる。

見れば。常連客の千砂だ。ニットシャツにゆったりしたパンツ。部屋着に近い普段着、という服装。

「あぁ。おはよう」

「戸部さん、ほんとにいるんですね」

「うん。いるよ」

店で千砂には話してたのだ。毎朝この公園に来てストレッチをすると。

「千砂ちゃんも？」

「わたしは土日だけ。土曜はその週の疲れが出て遅くまで寝ちゃうから来ない日もありますけど。日曜は来ます。こういう公園が自宅の近くにあると、いいですよね」

「いいね。もうちょっとデカいと、もっといいんだけどな。ランニングコースがあるとかね」

「まあ、土地がないですもんね」

「うん。これでも充分デカいか」

「実は、今行けば戸部さんと会えるかなぁ、と思って来ました」

「あ、そうなの？」

「はい。だいたいこのぐらいの時間だとおっしゃってたので」

「うん。いつもこのぐらい。何か用？」

「用といえば、用ですかね」

「貸切の予約とか？」

「いえ、そういうことでは。お店を貸切にするほど多くの知り合いは、この辺りにはいませんし。この辺りじゃなくても、いないです」

「じゃあ、えーと、せっかくだから、ちょっと座る？」

「いいですか？」

「うん」

ベンチに座る。おれが左で千砂が右。おれがデカいせいで、隣の千砂が近い。いつもは必ずカウンターを挟んでる。今はそれがない。何だか変な感じだ。

「わたし、異動することになりました」

「え？」

「東京の支店から埼玉の支店に移ります」

「いつ？」

「四月一日、ですね」

「すぐだ」

「はい」

「埼玉か」

「といっても、支店があるのは西川口《にしかわぐち》だから、近いんですよ」

「そうなんだ」

「はい。それで、どうしようかと思って」

「どうしようかって。断れんの？」

「いえ、断れはしないです。そこは会社員なので。ただ、引っ越すべきかどうなのかって」

「あぁ」

「引っ越したら、さすがに『とべ』には行きづらくなるし」

「それは、気にしないでよ。会社の異動ならしかたない」

「気にしたいんですよ」

「ん？」

「行きたいんですよ、わたしが」

「来てくれるなら、もちろんうれしいけど」

「千駄木はすごく好きだし」

「わかるよ。おれも好き」

「『とべ』も戸部さんも好きだし」

「おぉ。それは、ほんと、うれしい」とおれは笑う。

　が、千砂自身は笑わない。

「わたしは、戸部さんが元プロレスラーだから、というかスターだから好きなわけじゃありませんよ。最近やっと、戸部さんをプロレスのスターではなく、居酒屋の店長さんとして見られるようになりました。リングの人ではなく、千駄木の人として」

「千駄木の人、か」

「はい」

「十年経って、おれもやっと千駄木の人になれたってことなのかな。そう認めてもらえたなら、やっぱりうれしいよ」

「戸部さんより千駄木歴が短いわたしに認められても、価値はなさそうですけどね」

「そんなことないよ。千駄木に限らない。東京は、もとからいた人のほうが少ないんだから。おれだって千砂ちゃんだって、出は神奈川だし」

「そうですね」

おれは伊勢原市、千砂は三浦《みうら》市だ。

「西川口までだと、ここからどれぐらい？」

「西日暮里乗り換えで二十五分ぐらい、ですかね。だから、会社まで四十分弱なのかな。まあ、楽に通えることは通えるんですよ。でもわたしは一人なので、支店の近くに引っ越しちゃってもいいんですよね。そのほうが今より家賃も安いだろうし」

「だろうね。都内は、やっぱり高いもんな」

「山手《やまのて》線の内側でもありますしね、ここは」

「うん」

何を言っていいかわからない。わかるようで、わからない。妻と死別して二人の子を持つ男が、独身の女性に何を言えばいいのか。

「いい歳して、好きとか言っちゃいましたね。わたし」

「歳は関係ないよ。千砂ちゃんはいい歳でもないし。おれはいい歳だけど」

「わたしも次の誕生日で四十四。見事に、いい歳ですよ」

三月下旬、日曜の朝。まだ少し寒いが、本当に少しだ。陽は暖かい。もう春と言ってもいい。だからこそ、人は異動するのだ。異動して、移動する。春は別れの季節。確かにそう。春でなくても、別れは唐突にやってくるが。

美鶴とはそうだった。たまたま春ではあったが、あまりにも唐突だった。防ぎようがなかった。誰にも防ぎようがない。そんな別れもあるのだ。

だがそれが防げる別れであるなら。防ぎたいと自分が望んでるなら。

「引っ越さないでほしいよ」とおれは千砂に言う。

「それは、お店の客だからということですか？」

「そうじゃない。千砂ちゃんだからだよ」

「千砂ちゃんだって、お店の客ですよ」と千砂が笑う。

「そうだな」とおれも笑う。「でも今言ったのは、ただの千砂ちゃんだよ。店のお客さんということではない千砂ちゃんだよ」

亡くなって十年が過ぎようとしてる。美鶴は今もおれのなかにいる。それは二十年が過ぎても三十年が過ぎても変わらない。この先もずっといる。

ただ。この千砂がおれのすぐ外に、すぐそばにいることも確かだ。それは認めてもいい。認めるしかない。

おれも五十代。急ぎはしないが。もう離れたくない。千砂には、美鶴のようにどこかへ行ってほしくない。

初めてはっきりと、そう思う。

四月　戸部衣麻《いま》

「戸部、サークル入った？」と葉山隆昇《はやまりゅうしょう》に訊かれ、

「入ってない」と答える。

「まだ決めてないの？」

「というか。入らないかも」

「え、そうなの？」

「うん。ほら、ウチ、店だから」

「あぁ、居酒屋か。まだお父さん、一人でやってんだ？」

「一人ではないけどね。アルバイトさんを雇ってるし、わたしも手伝ってるし」

「手伝ってるっていうのは、何、タダ働きってこと？」

「そうじゃない。お金はもらってるよ」

「お小遣い程度じゃなく？」

「じゃなく。アルバイトってことにはなってる。先月まではお小遣いの感じだったけど」

今月からちゃんとそうなった。わたしが大学生になったからだ。

三月の初めに、長くパートをしてくれてた水原房代さんが店をやめた。理由は、孫の姫ちゃんの世話をすることになったから。

ちょうど高校を卒業したので、わたしが店を手伝った。もともとやってたから勝手はわかってたのだ。

店は手書きメニューを一新した。壁にペタペタ貼られてるそれを、わたしが全部書き直した。だから今はどれもわたしの筆跡。誇らしい一方で、何かちょっと気恥ずかしい。

「でもさ」と隆昇が言う。「ずっと手伝いつづけるわけじゃないだろ？」

「一応、次の人が決まるまではあるけど。ただ、決まってからも、少しは店に出るつもり」

「おぉ」

「何？」

「店に出るって。キャバクラ嬢みたい」

「バ～カ」

「おれが店に行ったら指名するよ。衣麻ちゃんでって」

「したいならしな。で、お父さんにぶっ飛ばされな」

「うおっ。戸部栄純、ぶっ飛ばすの?」

「そんなわけないでしょ。お客をぶっ飛ばす店主がどこにいんのよ」

隆昇は、わたしのお父さんが元プロレスラーの戸部栄純であることを知ってる。高校時代にすでに話してたのだ。

そう。この隆昇は、大学の友だちであり、高校時代の友だちでもある。示し合わせたわけではもちろんないが、大学も同じところに行ったのだ。

ただし、学部はちがう。わたしは社会学部で、隆昇は経済学部。キャンパスは同じだ。だからこうして学食で会う。といっても、今日はたまたまではなく、〈メシ食お〉とLINEで呼ばれたわけだけど。

わたしたちは、ともに北《きた》区の都立高校に通ってた。ともに文京区からだ。わたしは千駄木からで、隆昇は本駒込《ほんこまごめ》から。本駒込は千駄木の隣だが、わたしのところと隆昇のところは学区が別。小学校と中学校はちがった。

隆昇は本駒込のマンションに住んでる。有名な都立庭園である六義園《りくぎえん》の近くのそれだ。住所は本駒込だが、最寄駅は巣鴨《すがも》。高校には、隣のJR駒込駅から行ってた。巣鴨と駒込は近いのだ。歩いても十分強。そこはさすがの山手線。駅間は短い。

わたしのお母さんも、昔、巣鴨に住んでたらしい。大学に行くために静岡の浜松から出てきてそこのアパートに住んだのだ。

高校時代、隆昇は男子サッカー部、わたしは女子サッカー部にいた。ウチは女子サッカー強豪校だが、男子はそうでもない。今どきのサッカー部にしては人数が少ない。女子が多い学校だからしかたないのだ。例えば野球部は初めからない。部自体がない。

で、わたしたちはともに大学も近い。それ自体が文京区にあるのだ。

隆昇は地下鉄で一駅。家から歩いても二十分弱。わたしは、東西に走るいい路線がないので、徒歩。十五分だ。

わたしはそこが第一志望だったが、隆昇は第二志望。でも第一に落ちてよかったと言ってた。偏差値はほとんど同じだし、通うのはめんどくさかったし、と。完全な負け惜しみだ。

今、わたしたちは学食にいる。向き合って座り、ランチを食べてる。

ウチの学食は評判がいい。かなりちゃんとしてる。というか、店が入ってる。だから普通の学食よりは値段がちょっと高いのかもしれないが、五百円前後でおいしいものが食べられる。

それに惹かれて入学した学生も、たぶん、いる。結構いる。わたしも、だから受験したわけではないが、後押しはされた。それはそうだ。ご飯は大事。四年間もそこに通うのだから。

隆昇が食べてるのは、チキンの照り焼きクリームソース。わたしは、とろとろ半熟オムライス。

月初めに入学して、もうこれが早四度め。わたしはオムライスが好きなのだ。とろとろでないオムライスも好き。お母さんがつくってくれたオムライスは、とろとろではなかった。卵が、薄い皮のようになって、チキンライスをしっかり包んでた。僅差《きんさ》だが、あちらのほうが好きかもしれない。

「で、何、隆昇は、サークルは？」と尋ねてみる。

「迷ってる」

「何と何で？」

「お笑いサークルに入るか入らないかで」

「入るか入らないかで、なの？　お笑いと何かで、じゃなく」

「うん。お笑いは決定」

「なら入ればいいじゃん」

「そうなんだけど。その前に、ちょっと」

「何かあんの？」

「うん。戸部」

「ん？」

「戸部がその何か」

「わかんない。どういうこと？」

「戸部さ、一緒にお笑いやんない？」

「は？」

「ずっと考えてたんだよ。大学が決まってから。お笑いをやること自体はその前から考えてたけど」

「その前って、いつよ」

「高三、いや、高二かな」

「そんなこと言ってなかったじゃん」

「まだやりたいってくらいで、やると決めたわけじゃなかったから。ピンなのかコンビなのかも定まってなかったし」

「今は定まったの？」

「うん。やっぱコンビ。で、戸部」

「何それ。わたしとコンビを組むってこと？」

「そう」

「そう。じゃないよ。わたし、お笑いのことなんて知らないよ」

「知らないことないだろ。テレビで見たりはしてるよな？」

「してるけど。それだけだよ。お笑いの番組をただ見てるだけ」

「おれだってそうだよ。まあ、ほかに好きな芸人のＤＶＤを見るくらいはしてるけど。でもその程度。みんな、初めはそうだろ」

「お笑いをやろうと思ったことなんて、わたし、一度もないよ。やれるはずもない」

「そんなことないよ。戸部は物怖《ものお》じしないじゃん。サッカーの試合でも、緊張とかしなそうだし」

「それはサッカーだから。自分から進んでやったことで、もう慣れてたから」

「ならお笑いにも慣れるだろ」

「しゃべりなんてできないよ」

「それもそんなことないよ。戸部はおしゃべりじゃないけど、しゃべり自体はうまいじゃん。ものの見方もおもしろいし」

「その程度じゃダメでしょ」

「だからさ、コンビ組んで、鍛えようぜ。ネタはとりあえずおれが書くから。去年からさ、ちょこちょこ書いてはいるんだよ」

「去年て。受験だったじゃない」

「そう。だから勉強の合間を見て書いてた。これがいい息抜きになるんだよ。いや、息抜き以上。そっちがメインになってたな。今は六本あるよ。ネタ」

「そんなことしてるから第一志望に落ちるんでしょ」とついひどいことを言ってしま

う。

　が、隆昇は意に介さず言う。

「落ちたおかげで戸部と同じ大学になった。それで思いついたんだよ、戸部はありだなって。ちょっと発想が変わったっていうかさ。おれも初めは男とのコンビを想定してたんだよな。けど、そこで、男女コンビもありじゃね？って思った。ほら、今は数も増えたし、普通に受け入れられてんじゃん。色ものみたいな感じじゃなく」

「ということは、そろそろ飽きられるってことなんじゃないの？」

「そうじゃない。落ちついたってことだよ。でもまだまだ出尽くしたわけじゃないから、形はいくらでもある」

「形って？」

「フォームというか、コンビの関係性というか。一言で言うと、キャラ設定だな。美男美女とか、美女と野獣とか、組み合わせはいろいろあんじゃん。極端なことを言えば、女王様と奴隷だっていいわけだし」

「いやだよ、そんなの」

「それは例えばの話。ほかにも、先生キャラと生徒キャラとか、上司キャラと部下キャラとか、文系キャラと理系キャラとか、文化系キャラと運動系キャラとか、いっぱいあるよ。それは男同士女同士だってそうだけど、男女ならその性別のちがいがもう一つ乗っかって、さらに広がると思うんだよな。恋愛っぽいことを絡めるのもありだし、逆にそういうのを断固拒否するのもあり」

「ていうかさ」

「うん」

「何でわたしなのよ」

「いや、だから、戸部ならできそうだし。大学が同じにならなくても思いついてたかもしんないよ、戸部ならいけるって。そうなってたら、大学はちがっても声はかけてた。なのに大学が同じで家も近いんだからかけるよな。まったく知らない女子といきなりコンビは組めないけど、戸部となら組める」

「わたしもお笑い志望だっていうならわかるよ。でもそうじゃないんだから、声まではかけないでしょ」

「いや、おれもそうは思ったのよ、戸部がやるわけないよなって。けど、その案がよすぎて、そこから離れられなくなっちゃってさ。断られてもいいからやっぱ声はかけようとも思った。いや、断られてもいい、ではないな。絶対ものにする気で声をかけようと思った」

「それで、LINE？」

「そう。ほんとは昨日から言っとくつもりだったんだけど。明日学食で会いたい、とか書いて、コクるのかと戸部に勘ちがいされたらよくないし」

「しないよ、勘ちがい」

「しないのかよ」

「するわけないじゃん。今さら」

「少しはしろよ。ときめけよ」

「ときめけないっつうの。さっきだって、ときめくどころか、ランチ代貸してと言われるんじゃないかと思ったくらいだからね」

「マジか。まあ、貸してくれるなら借りるけど」

「今日はもう自分で払ったじゃない」

「いや、明日の分。金、あと二百円ぐらいしかないから。戸部が実家でバイトしてるなら、結構持ってるだろうし」

「うわ、最悪」

「っていうこのキャラもありかもな。健気《けなげ》な実家バイト女子と金たかり男子」

「なしだよ。ありきたり過ぎる。単なるヒモじゃん」

「確かに。だから、コンビ組んで、そういうのを考えようぜ。ネタも一緒につくろう。マジで男女コンビはいいだろ。コンビ名は、ハヤマイマ、とかどう？　カタカナで」

とかどう？　と今思いついたかのように言ってるが。絶対に前から考えてたはず。

ハヤマは葉山。隆昇の名字。イマは衣麻。わたしの名前だ。

ハヤマイマ。いそうではある。お笑いのコンビ名として悪くはないような気もする。突飛でないところがいい。コンビ名なんて、聞き流せるものでいいのだ。でも言いやすいことは大事。

というそれは、わたしの素人意見。まさに聞き流してほしい。

名字が戸部で、名前が衣麻。戸部衣麻。飛べ、今。ダジャレだ。

たまたまそうなったのではない。意図してそうなった。意図したのはお母さんだ。わたしを産んだとき、お母さんがお父さんに提案したらしい。戸部衣麻って、すごくよくない？　と。

亡くなったお母さんが付けてくれたその名前がコンビ名にも入るのは、本当に悪くない。ただ、それはあくまでもお笑いをやる場合の話。わたしにやるつもりはない。戸部衣麻は、今、飛ばない。

お笑い、に気を引かれたわけではないが、一応、訊いてみる。単なる興味として。

「漫才とコント、どっちをやるの？」

「まずは漫才かな。しゃべりを鍛えて、それからコントもやりたい。そっちもできなきゃダメだから。で、プロになる」

「は？」

「それで食ってけるようになる」

「本気で言ってんの？」

「本気で言ってるよ。本気でなきゃ言えないだろ、こんなこと」

「いや、冗談でしか言えないでしょ、そんなこと。なれると思ってんの？」

「なろうと思ってるよ。今はとにかく始めたい。十八歳のうちに始めたい。おれ、五月には十九になっちゃうし。戸部は、誕生日、六月だっけ」

「うん」

「じゃ、やっぱ十八のうちに始めようぜ」

「いや、わたしは始めることになってないから」

「だとしても、始めてはみようぜ。やってみて無理ならやめてもいいから。とは言いたくないけど。とりあえず今日は言うから。気軽にさ、冷やし中華を始めるぐらいの感じで始めようぜ」

「冷やし中華は絶対終わるよね。半年で必ず終わるよ」

「おぉ。いいツッコミ」

「どこがよ。意見を言っただけ。否定しただけ」

「否定的な意見を言うのがツッコミだろ。戸部、できてるよ。基本は備わってるってことだよ」

無視して言う。

「中華屋さんも、冷やし中華を気軽に始めてはいないと思うよ。みんな頼んでくれ、どうか売上につながってくれって、切実な気持ちで始めてるはず。ウチは飲食店だからわかる。始めるためには、それに応じた食材を仕入れたりもしなきゃいけない。そう簡単じゃないんだよ」

「おぉ。素晴らしいツッコミ」

「で、それとは別に」

「別に？」

「プロを目指す人が冷やし中華を始める感じで始めちゃダメでしょ」

「おぉ。これまた素晴らしいツッコミ」

「だから意見だって」

「今のをまとめてスパッと一言で言えれば、すごいツッコミになるだろ。なあ、やってみようぜ。やってくれたら、そのオムライス、おごるよ」

「だからもうお金払ってるよ」

「オムライス代を、渡すよ」

「二百円しかないんでしょ？」

「親に借りて明日渡す。おれのほうが借りるつもりだったのに渡すんだから、戸部、二重どりだよ」

「どこがよ」

「はい、またツッコミ」

「うるさいよ」

そう言って、わたしはオムライスを食べる。

確かにとろとろだ。看板に偽りなし。

そんなことを思いながら、言う。

「わたしがやるって言ってたら、どうするつもりだったの？」

「ん？」

「お笑いのサークルには、入らないの？」

「あぁ。コンビを組んでから入ろうと思ってた。サークルで戸部を誰かにとられたらまずいから」

「コンビを組まないのにわたしがそのサークルに入るわけないじゃない」と言い、すぐに足す。「って、これもツッコミじゃないからね」

「でもコンビを組めるなら、サークルには入らなくていいかもな。二人でもやれるわけだし。自分の笑いのことで周りにあれこれ言われたくねえし」

「入ってれば、ライヴとかちゃんとできそうじゃない。人の意見を聞くのも大事だし」

「そうか。だから入るのもありか」

「まあ、やらないけどね。お笑い」

「いや、やろうぜ」

「あのさぁ」

「うん」

「これまでお笑いについて考えたこともなかった人が、お笑いやろうぜ、プロ目指そうぜっていきなり言われて、はい、やりますってならないでしょ」

「いや、なろうぜ」

「なろうぜって何よ」

「おれ、もうさ、戸部とコンビを組むことしか考えられなくなっちゃってんのよ。だからお願い。マジでお願い」

「それで願いは叶《かな》わないよ。好きで好きでしかたないから付き合ってと言われても、好きでない相手とは付き合わないでしょ？　付き合う義務なんて、ないでしょ？」

「それとはまたちがうじゃん。コクってるわけじゃないし」

「同じだよ」

「同じかなぁ。まあ、確かにいきなりではあるから、すぐ決めろとは言わないよ。けど、考えてはみてくれよ。つまんないことにはなんないと思うから。ということで、オムライス代、出すよ。明日渡す」

「いいよ。やるわけじゃないから」

「だとしても、出しときたいよ」

「わたしはいや。出されたくない」

オムライスを食べ終えて、わたしは席を立つ。隆昇を残してだ。

ケンカ別れをしたわけではない。隆昇は話に夢中になってたからまだチキンの照り焼きクリームソースを食べ終えてなかっただけ。いつものことだ。

その後、三限と四限の授業に出てから、徒歩で帰宅。

五時からはバイトに出た。自宅の一階にある『とべ』でのバイトだ。

そこにはまさに、目指す人、がいる。お笑いのプロを、ではない。弁護士を目指す人だ。沢井壮馬さん。法科大学院を先月卒業したばかり。まずは司法試験合格を目指してる。バイトで生活費を稼ぎながら勉強をしてるのだ。

沢井さんは大学三年生のときからウチで働いてる。キャンパスが変わったそのタイミングで千駄木のアパートに引っ越してきたのだ。

当時わたしは中三。ちょこちょこお店を手伝うようにはなってた。といっても、まさに手伝い。空いてたお皿を下げるとかテーブルを布巾《ふきん》で拭《ふ》くとか、やってたのはそのぐらい。

お父さんにやれと言われたわけではない。自分からやってた。当時高三のお兄ちゃんはやらなかったが、わたしはやった。でもそれはわたしがいい子だからではない。別に悪い子ではないと思うが、わたしはそんなにいい子でもない。

では何故手伝ったのか。沢井さんが気になってたからだ。はっきり言ってしまえば、好きだったからだ。

お兄ちゃんは三歳上だが、子どもだった。でも六歳上の沢井さんは大人だった。もう二十歳にもなってた。本物の大人だったのだ。しかも大学の法学部生。経済学部でもすごいとは思っただろうが、法学部は別格な感じがした。だって、憲法だの法律だのを学んでしまうのだ。検事だの弁護士だのになる人が行くのだ。

実際にはそうならない人もたくさんいるようだが、沢井さんはその弁護士を目指してた。でもそれでいて頭が固い感じはなかった。堅苦しい感じもなかった。わたしが店の手伝いに行くと、逆に手伝ってくれた。映画やドラマに出てくる優しい家庭教師。そんなイメージがあった。

沢井さんはすでに三年生だったから、そのあと一年で卒業していなくなってしまうのだと思ってた。が、いなくはならなかった。卒業後、同じ大学の大学院に進んだのだ。

そこは大学ほどゆるくないようで、朝から晩までみっちり授業があった。大学は普通五時限までだが、六時限に補講がおこなわれたりもした。

その二年はそんなにバイトに入れなかった。それは初めからわかってたので、やめます、と一度はお父さんに言ったらしい。でも事情を聞いたお父さんは引き止めた。ウチに気をつかわなくていい。入れるときだけでいいから入ってよ。沢井くんがいてくれるだけでウチはたすかるから。

沢井さんは残ってくれた。土曜は必ず出て、忙しい金曜もどうにか早めの時間から出られるよう努めてくれた。

そして三月で大学院も卒業。今はもう毎日一人で勉強してる。朝起きてからバイトに出るまでと、バイトを終えてアパートに帰ってから寝るまで。

司法試験は七月にある。一度で受かってほしい。もし受からなかったら、たぶん、もう一年浪人のようなことをするだろう。『とべ』にもいてくれるだろう。でもそうなればいいとは思わない。思うわけない。

今でも沢井さんのことは好き。ただ、好きの質は変わったような気もする。何だろう。憧《あこが》れが尊敬に変わってきた感じ。わたし自身が大きくなったことで変わったのだと思う。当然だ。わたしはもう、優しい家庭教師に憧れる女子中学生、ではない。といって、明確に何かを目指す女子大生、でもないけど。

店の引戸が開く。

「いらっしゃいませ」とわたしが言う。

その声を聞いて、カウンターの内側にいる沢井さんとお父さんも続く。二つの声はきれいにそろう。お父さんの声は太く、沢井さんの声はそれよりは細い。

入ってきたのは女性。二十代だ。たぶん、後半まではいかない。半ば。ウチのお客さんとしては珍しい。

女性はわたしに会釈をし、カウンターに寄っていく。そして手前の沢井さんに声をかける。

「壮馬」

沢井さんが顔を上げて、言う。

「あぁ。何、どうした？」

「ちょっと上野《うえの》のお店に行く用があって。時間もできたから、来ちゃった。連絡しようかと思ったけど、まあ、いいか、とも思って。行けば壮馬はいるわけだし」

「うん。卒業してからは、もう毎日いるよ」

「一人だけど、いい？」

「どうぞ」

横からお父さんが言う。

「お知り合い？」

「はい」と沢井さん。

「じゃあ、沢井くんの前に」

沢井さんの前。カウンター席。A卓。

わたしがイスを引き、女性に座ってもらう。おしぼりを渡し、あらためて言う。

「いらっしゃいませ」

「どうも」そして女性はお父さんに言う。「壮馬に聞いてます。戸部栄純さん、ですよね？」

「はい」

「やっぱり大きいですね」

「いやぁ。現役のころにくらべると、ちっちゃくなっちゃったよ」

「ちっちゃくなっても大きいんですね。プロレスをおやめになられて何年ですか？」

「十年だね。だからもうこれよりちっちゃくはなれないのかな。あとはじいさんになってしぼむのを待つしかないよ。というか、もう五十四だから、じいさんか」

「五十代はじいさんじゃないですよ」と沢井さんが言う。「今は六十代でもじいさんではないですし。店長は、七十代でもそうはならないんじゃないですかね」

「お、うれしいね。じゃあ、七十代で現役復帰とか、してみるかな」

「しましょう。復帰。してくれたら、観に行きますよ」

「そのころは沢井くんもバリバリの弁護士になってるはずだから、凶器攻撃を仕掛けてきた相手レスラーを訴えちゃうか。七十代に凶器はダメだろって」

「でも弁護士なら、凶器攻撃をした相手レスラーにつくことになっちゃいますけど」

「そうか。敵になっちゃうか。それは困るな。明日は仕込みにも入ってよ、と頼みづらくなる」

「いや、弁護士になってるなら、さすがにもうここでアルバイトはしてないと思います。僕はしたいですけど」

お父さんと沢井さん。さすがに付き合いも長いから、そんなやりとりをするようにもなってる。お父さんが沢井さんを信頼してることがわかる。

「沢井さんのお友だちですか？」とわたしが女性に尋ねる。

「大学で一緒だったの」と沢井さんが答えてくれる。「同学年。同期だね」

「同じ法学部なんだけど」と女性も続く。「わたしは大学院に行かないで就職したの。だから、大学だけ一緒」

「フジコサトさん」とこれも沢井さん。

藤小郷さん、だそうだ。

そして沢井さんはその小郷さんに言う。

「娘さん」

「え？」

「こちらは店長の娘さん。衣麻ちゃん」

「あ、そうなんですか」と小郷さんはお父さんに言った感じだが、

「はい」とわたしが言う。

「藤さんは若いから知らないでしょ？　おれのことなんて」とお父さんが尋ねる。

「父が好きだったんですよ、プロレス。だから子どものころ、たまに見てました。戸部さんのことも覚えてます。空を飛んでましたよね？」

「空は飛んでないけどね」とお父さんが苦笑する。

「飛んでるように見えましたよ。で、リングに倒れてる人に、ダ〜ン！　て」

「してたねぇ。ダ〜ン！　て」

「今はこちらなんですね」

「うん。居酒屋の親父。もう飛ばない。飛べない。店の名前は『とべ』だけど」

お父さんがたまに口にする親父ギャグ。娘として恥ずかしいことは恥ずかしいが、笑わせようとするそれではなく、お約束として言い流すタイプのそれだから、まあ、よしとする。

「飲みものはどうする？」と沢井さんが尋ねる。

「えーと」小郷さんがメニューを見る。「ちょっと待ってね」

「グレープフルーツハイがあるよ。シロップと炭酸で割るんじゃなくて、果汁百パーセントのグレープフルーツジュースで割る。小郷が好きなほう」

「あ、ほんと？　じゃあ、それ」

「了解。グレープフルーツハイ。お待ちを」

小郷が好きなほう。それを、沢井さんは知ってたわけだ。

そんなことを思いながら、わたしは料理の注文を聞く。

「おすすめは何？」と小郷さんに訊かれ、

「煮込みとしそ巻きですね」と答える。

これは本当におすすめだ。ウチのこの二つは本当においしいと思う。

「じゃあ、その煮込みとしそ巻きと、ねぎまとナンコツとししとう、かな。あと、まぐろ山かけも」

「串は、全部一本ずつでよろしいですか？」

「はい」

「では、煮込みとしそ巻きとねぎまとナンコツとししとうとまぐろ山かけ。以上で」

「はい。お願いします」

「お待ちください」

伝票とは別に書いた注文票を沢井さんに渡す。

最近、居酒屋でもチェーン店では注文用のタッチパネルがあったりするようだが、ウチにそんな気の利いたものはない。この先も導入はされないだろう。料理を席まで運ぶロボットも同じ。この狭い店にそんなのがいたら、邪魔でしかたがない。

沢井さんが、小郷さんにグレープフルーツハイを出す。次いで、煮込みも出す。

小郷さんは、飲んだり食べたりしながら沢井さんと話す。沢井さんが忙しいときは、ホールのわたしと話しもする。

それでわたしは、小郷さんが家具インテリア用品企画販売会社の社員であることを知った。

すごく有名な会社だ。この上の二階三階、つまりわたしの家にもそこの商品がいくつもある。ベッドなどの大物からカップなどの小物まで。最近は就職先としても人気らしい。

あとは、小郷さんが湊《みなと》市の出身であることも聞いた。

大学にはそこの実家から通ってた。そのころ、近所で殺人事件があり、大騒ぎになったそうだ。被害者は女子大生で、小郷さんも名前を知ってる人だった。犯人はやはり近くのマンションに住むフリーターの男性。二人に恋愛関係はなかったが、動機は怨恨《えんこん》。でも情状酌量の余地ありとのことで死刑にはならなかったという。ニュース報道はされたようだが、まったく覚えてなかった。わたしはまだ中学生。

を見てさえいなかった可能性もある。クラブでのサッカーに打ちこんでたころのわたし。ニュース番組を見るぐらいならバラエティ番組を見てたはずだから。

わたしとの話が一段落すると、小郷さんはスマホを見る。合間にはカウンター内の沢井さんも見る。何となく目が追ってしまう、という感じだ。

そして午後十時を過ぎたころ。小郷さんが沢井さんに尋ねる。

「お店、何時まで？」

「十一時」

「あと一杯飲もうかな」

ならばと、わたしが寄っていく。

「梅酒のお湯割りって、できる？」と小郷さんに訊かれ、

「できます」と答える。

「じゃあ、それを」

「はい。梅酒のお湯割りをお一つ」

言ってから、沢井さんを見る。

了解、と沢井さんはうなずく。

わたしは奥の勘定場へ行き、伝票にそれを記す。

終えたところで、お父さんに声をかけられる。

「衣麻」

カウンターに寄っていき、言う。

「ん？」

「今のはつけなくていい。店のおごりにするから」

「わかった。消しとく。沢井さんにも言ったほうがいいんじゃない？」

「そうだな。お父さんが言っとくよ」

で、勘定場に戻ろうとしたら。お父さんがなおも言う。

「あとな」

「うん」

「大学で、何かやんないのか？」

「え？」

「サッカーに代わる何か」

「あぁ」

「店を手伝わなきゃとか、そんなことは考えなくていいぞ。大学で、やりたいことをやれよ。人は雇うから」

「でも。まだ応募はないんでしょ？」

「ないけど。歌恵さんがな、もし大変なら入ってもいいと言ってくれてるんだよ」

「接客はいやなんじゃなかった？」

「ウチならいいとも言ってくれた。お客さんに知ってる人も多いからって」

「そうなんだ」少し考えて、言う。「わたしも、ちょっとはバイトしたいよ」

「それは頼む。歌恵さんもフルってわけにはいかないだろうから、週に二日か三日は入ってほしい。でもそれで充分だ。衣麻自身がやりたいこともやれよ」

「やりたいこと」

「ああ。今しかできないことが、何かあるだろ」


大学生になったらやろうと思ってたことが一つある。

といっても、それはお父さんに言われたみたいなことではない。やりたいことをやるとか、その類《たぐい》ではない。もっと簡単。一人でカフェに行く、がそれだ。

高校生のときは、一人で店に入ったことはなかった。ドトールやスタバには行ってたが、いつも友だちと一緒。個人経営っぽいカフェには、友だちとですら行かなかった。

行ったのは、子どものころ。お父さんやお母さんとだ。コーヒーを飲むのではなく、パフェやかき氷を食べた。パフェなら、お兄ちゃんはフルーツパフェで、わたしはチヨコレートパフェ。かき氷なら、お兄ちゃんはメロンかき氷で、わたしは練乳かき氷。

で。大学生ならカフェぐらい行こう。一人で行けるようになろう。そう思った。

いきなり知らない町の知らない店では厳しいので、まずは地元千駄木、知ってる店にした。家の近く。徒歩三分。何度も前を通ってる店だ。いかにもカフェっぽい、ちょっとおしゃれなお店。

立ち止まりまではしなかったが、歩きながら深呼吸をして、よしっと小声で言いもして、入った。サッカーの試合で、途中交代でピッチに入るときみたいに。

「いらっしゃいませ」と女性の店員さんに言われる。

お好きなお席へどうぞ、とは言われないが、こちらのお席へどうぞ、とも言われないので、通りに面した窓側の席に座る。さすがに初めてでカウンター席は無理。だからテーブル席。

でもそうしたらそうしたで、あせった。一人なのに四人掛けのそれに座ってしまったのだ。まずい、と思う。

すぐに店員さんが来て、テーブルにグラスのお水を置いてくれる。お一人でここはちょっと、とは言われない。ひと安心。

メニューを見る。コーヒーを頼むつもりでいたのだが。コーヒーにもいろいろある。アレンジコーヒーなる枠もある。あれこれ手を加えたもの、ということだろう。

　ここは初心者、おとなしくコーヒーの枠から選ぶことにする。とはいえ、そのなかにも、ブレンドやアメリカンのほか、エチオピアやブラジルやコロンビアやタンザニアなどがある。

　アメリカンは知ってる。薄めのやつだ。国名のものは、たぶん、そこがコーヒー豆の原産地ということ。そこで、ブラジルに決める。サッカー経験者ならブラジルだろう、というわけで。

　いくらか上ずった声でそのブラジルを頼む。

　そして到着を待ってると。先にほかのものが到着する。いや、ものではない。人。まさかの人。沢井さんだ。

　ドアから入ってきてすぐに沢井さんは言う。

「あれっ。衣麻ちゃん」

「あ、こんにちは」

「来てたの」

「はい」

「待ち合わせ？」

「いえ、一人です」

「あぁ、そう。じゃあ、いい？」

「はい？」

「ここ」

「あ、はい」

「じゃ、失礼して」

沢井さんが向かいに座る。真正面ではない。ななめ向かい。でも近い。テーブルは決して大きくないから。

やはりすぐに店員さんがやってきて、いらっしゃいませ、と沢井さんの前にグラスのお水を置く。

メニューを見ることもなく、沢井さんは言う。

「グァテマラをお願いします」

「はい」

店員さんが去ると、沢井さんはお水を一口飲む。

「衣麻ちゃんも、ここ、来るんだ？」

「いえ、初めてです。こういうお店に一度一人で来てみようと思って」と正直に言う。

「こういうお店っていうのは？」

「カフェ、ですね」

「あぁ。じゃあ、ごめん。邪魔しちゃったね。僕は、席を移ろうか」

「いえ、だいじょうぶです。一人で来て、もうコーヒーは頼んだので、目標は達成です」

沢井さんは笑って言う。

「達成か。早いな。でもわかるよ。そこまでが大変だもんね。思いきって店に入って、注文するまでが。あとは、飲んでお金を払うだけだし。懐かしいよ。僕もそうだった」

「ほんとですか？」

「うん。今の衣麻ちゃんどころではなかったんじゃないかな。ほら、僕は宮崎から出てきてるから、初めはビビりまくってたよね。カフェだけじゃなく、すべてに驚いてた。東京の町そのものが異界というか、魔界だったよ。これは東京生まれの人にはわからない感覚だろうな」

わたしもお水を飲む。緊張してるせいか、ゴクリ、とノドが鳴ってしまう。それをごまかすように言う。

「沢井さんは、どうして千駄木にしたんですか？」

「千代田線の新御茶ノ水《しんおちゃのみず》からでも大学に行けたから、だね」

「一、二年生のときはよそにいたんですよね？」

「うん。キャンパスがちがったから」

「どこに住んでたんですか？」

「京王《けいおう》線の桜上水《さくらじょうすい》。世田谷区《せたがや》だね」

「いいですね、世田谷区」

「文京区だっていいじゃない」

「世田谷には負けませんか？」

「うーん。まあ、世田谷区に住みたがる人が多いのは確かだな」

「そこからでも通えたんじゃないですか？　大学」

「通えたね。ただ、アパートから四十五分ぐらいかかるし、交通費も結構かかるしで、じゃあ、引っ越しちゃおうって。家賃が高いほうに行くわけだから、いろいろ探したよね。賃貸アパートのサイトをいくつも見て。それで、今のアパート。山手線の内側で四万六千円はいいなと思って」

「安い、んですよね？」

「かなり安いね。できて三十年は経ってるけど、フロトイレはあるし、一応、六畳だし。で、駅から徒歩十分。まさか事故物件だったりして」

「えぇっ。それはちょっと」

「だいじょうぶ。そんなことはないと思うよ。事故物件なら高すぎる。告知もされてないし」

店員さんがコーヒーを運んできてくれる。合わせてくれたのか、わたしのブラジルと沢井さんのグァテマラを、一緒に。

ブラジルとグァテマラ。見た目は同じ。沢井さんは、砂糖もミルクも入れずに飲む。

「ブラック、ですか?」

「うん」

「じゃあ、わたしも」そう言って、一口飲む。「おいしい。ような気がします」

沢井さんは笑って言う。

「甘いほうが好きなら砂糖を入れてもいいと思うよ。ミルクも、入れればまろやかになるし」

「いえ。今日はがんばります」

「いや、そこはがんばらなくても」と沢井さんはなお笑う。

わたしも恥ずかしくなって、笑う。照れ隠しの笑いだ。がんばります。意味がわからない。わかるけど。

照れをさらに隠すべく、沢井さんに尋ねてみる。

「グァテマラも、国ですか?」

「ん?」

「国の名前ですか?」

「あぁ。そうだね。中米の国だよ。そこの豆ってことだろうね」

「おいしいんですか？」

「うん。僕は好き」

「わたしは、豆のちがいなんて絶対にわからないです」

「僕だってわからないよ、わかるのは、せいぜい苦味と酸味のちがいぐらい」

「わたしはそれもよくわからないです。苦味はわかりますけど、酸味は微妙」

「飲んでればそのうちわかってくるよ、苦味ではないこれが酸味なんだなって。僕も、前に頼んでおいしいと思ったから頼むようになっただけ。味がわかって頼んでるわけでもないよ」

「沢井さん、こういうお店でコーヒーとか飲むんですね」

「飲むね。コーヒーは好きだから。勉強しながら、一日五杯とか飲むよ。自分の部屋ではインスタントだけど。粒が細かい、安～いやつね」

「カフェに行ったりはしないんだと思ってました」

「まあ、お金がないからそんなには行かないけどね」

「あ、すいません。そういう意味じゃなくて。ウチで賄いを食べるのも速いし、ランチも五分ですませると聞いてたから、時間を無駄にしないんだろうなって」

「あぁ。でもさ、こういう時間は無駄じゃないよね」

「そう、ですよね」

「僕も、本来はこういうとこでゆっくりしたいほうなんだよ。『とべ』ではともかく、ランチも五分ていうのは、しかたなくそうしてるだけ。どうせ学食でゆっくりする気にはならないし。だったらその時間を無駄にしないで勉強でもしたほうがいいと思うだけ」

「勉強でも」

「うん。だって、ほら、僕は何よりもまず、司法試験に受かろうとしてるわけだから。そのためにできることは、やるよね。受けるなら一回で受かりたいし。もう一年親に迷惑をかけたくはないよ。ただ、たまにはこういう時間もつくるようにしてるの。自分を追いこみすぎてつぶれたりしないように」

「七月。あと少しですね」

「そうだね」

「受かり、ますよね？」

「どうだろう。それはわからないよ」

「五回しか受けられないんでしたっけ」

「そう」

前に沢井さんに聞いた。司法試験は、法科大学院を卒業する、もしくは、予備試験に受かる、ことで受験資格を得られる。でもその後の五年間しか受けられないのだ。

つまり、最大でも五回。

「そんな意地悪なことをしなくてもいいのに」

「それは意地悪でもないんだよ」

「どうしてですか？」

「何回でも受けられるとさ、司法試験浪人になる人が出てきちゃうんだね。合格するまで何年でも受けつづけちゃう、三十代でも四十代でも受けちゃうっていう。みんな、軽い気持ちで勉強してるわけじゃないから、引き際がわからなくなっちゃうんだね。下手をすれば、それで人生を棒に振りかねない」

「そんなに受からないものなんですか？」

「去年は合格率が四十パーセントを超えてたみたいだけど。合格率はあまり当てにならないからね。自分がそのレベルに達してなければ受からないわけだし」

「みんなが三回も四回も受けるんですか？」

「いや。一回で合格する人が一番多いみたい。で、二回めで合格する人、三回めで合格する人、の順でどんどん少なくなっていく。でもなかには五回めで合格する人もいる。ということは、まちがいなく、五回めも落ちてる人もいる。そんな人はさ、もしまた受けられるなら、受けちゃうかもしれないよね」

「そう、ですね」

「昔は何回でも受けられたらしいんだけどね。それが五年で三回になって、でも三回はきついっていうんで、今の五回になったの」

「五回でもつらいですよね。それだけ受けてもダメだった、となったら」

「でも三回受けたあたりであきらめる人もいるのかも。大学だって、そうだよね。二浪までは、まあ、聞くし、たまには三浪も聞くけど、四浪した人はまず聞かない。そのころには、ちがう道に目が向くようになるんじゃないかな。まあ、五回までってい
う制限があることで、逆にそこまではやっちゃうのかもしれないけど。それで落ちたら、さすがに切り換えるでしょ。そうするしかないもんね」

「沢井さんならどうしますか？」

そう訊いてしまってから、ヤバい、と思う。あまりにも無神経。大学受験生に、落ちたらどうしますか？ と訊くようなものだ。

でも沢井さんはすんなり言う。

「次はラーメン屋を開くことを目指すかな」

「ラーメン、ですか？」

「そう。僕はコーヒーも好きだけど、ラーメンも好きなの。自分の店を持てたら楽しいだろうなと思う。それこそ店長みたいに修業してね」

「司法試験からラーメン、ですか」

「うん。僕はまったくちがう道に進みそうだよ。カフェよりはラーメンだな。『とべ』で働かせてもらってさ、食べもの屋さんもいいなと思うようになった。今は、店を開くまでのあれこれを集中的に教えてくれるラーメン学校みたいなのもあるから、そういうとこに行ってみるかもしれない。といっても、開店資金がないとどうにもならないんで、何年かはどこかで働いてお金を貯めなきゃいけないだろうけど」

「すごいですね」

「すごくないよ。落ちたらの話だし」

「落ちたあとのことまで考えてるのは、すごいですよ」

「いや、今のは思いつきレベルの話。でもそんなふうにいろいろ考えるのも楽しいじゃない。それこそこんなカフェでゆっくりしてるときに考えるんだよね。考えるというか、自然と頭に思い浮かぶ感じか。リラックスしてるからそうなるんだろうね」

落ちたあとのことまで考えてるのがすごいのではなく、いろいろ考えるのを楽しめるのがすごい、のかもしれない。何にしても。やはり沢井さんはすごい。尊敬する。

「藤さん」とわたしは言う。

「ん？」

「こないだお店に来られた」

「あぁ。小郷」

「はい。あの藤さんは、カノジョさん、ですか？」

「カノジョではないよ」と沢井さんはこれもすんなり言う。「いい仲間、かな」

仲間。ちょっとほっとする。

が、沢井さんはすぐにこう続けてしまう。

「まあ、友だちよりはもう少し上、かもしれない」

友だちよりはもう少し上のいい仲間。それは、ほぼカノジョではないだろうか。沢井さん自身、今は司法試験合格という明確な目標があるから、小郷さんをカノジョとは言わないのではないだろうか。だから小郷さんも、カウンター席からあんなふうに沢井さんを見るしかないのではないだろうか。

コーヒーを飲みながらそんなことを考えてたら、沢井さんが言う。

「衣麻ちゃんはもうサッカーをやらないんだね」

「そう、ですね」

「何かほかのことをやるの？」

「はい。今それを探し中です」

言ってみて、しょうもないな、と思う。沢井さんはこうではなかっただろう。やりたいことを探した結果司法試験にたどり着いたわけではない。自分から司法試験に向かっていったはずだ。でもわたしはこんな。やりたいことを探しにいってしまってる。

先月。沢井さんが休みでお兄ちゃんが店を手伝ったとき。お父さんがお兄ちゃんに言った。

店は継がなくていいからな。

その言葉は調理の音にかき消され、お兄ちゃんには聞こえなかった。でもそばにいたわたしには聞こえてた。

ちょっと驚いた。お兄ちゃんにそういう話をするお父さんを初めて見たから。

なのにその言葉は耳に届かず、お兄ちゃんはそのまま行ってしまった。お父さんも、あらためて言ったりはしなかった。

で、たぶん、今も言ってない。お父さんもお兄ちゃんも、何も変わってない。そんな話をした感じはない。してれば、わたしにはわかる。

で、たぶん、お兄ちゃんは店を継がない。学部も理系。初めからそんな気はないだろう。お父さんも、お兄ちゃんが継ぐとは思ってないだろう。継がせたいと思ってもいないだろう。

お兄ちゃんが継がないのだとすれば。いずれわたしが継いでもいい。店の女将《おかみ》になってもいい。

やりたいことをやれよ。

お父さんは、わたしにはそう言ってくれた。大学生になった娘に店を手伝わせるのは悪いと、気をつかってくれたのだ。

わたしがやりたいこと、とはちがうかもしれないが。『とべ』は残したい。そうは思ってる。やりたいことと、とはちがうかもしれないが、お笑いをやることも、その役には立つかもしれない。女将がお客さんを笑わせられるなら、そこは楽しい店になるだろう。明るい店にはなるだろう。わたしなら、暗い店よりは明るい店に行きたい。楽しくものを食べたい。

結局、沢井さんとカフェにいたのは一時間ぐらい。

カフェでゆっくりする時間。わたしこそ、沢井さんのそんな時間を邪魔してしまった。一人でいろいろ考える時間、をなくさせてしまった。

しかも、コーヒー代は沢井さんが払ってくれた。時間だけでなく、お金もつかわせてしまった。お礼を言っただけでなく、次はわたしが払います、とおかしなことも口走ってしまった。今日はたまたまここで会っただけ。次なんてあるわけないのに。でも沢井さんはこう言ってくれた。うん。お願いします。優しい家庭教師、ではないが、やはり優しい人ではあるのだ。

『とべ』でのアルバイトまではまだ少し時間があるので、沢井さんはアパートに帰っていった。外に干してた洗濯物を取りこんでくるよ、と言って。

わたしが家に帰ったのは午後四時すぎ。

そうそう、洗濯物、とわたしもそれを取りこんでると。お兄ちゃんも帰ってきた。スーツ姿。今日も就活だったらしい。

この時間、お父さんはもう家にいない。下の店にいる。いつものように歌恵さんと仕込みをしてるはずだ。

「いたのか」とお兄ちゃんに言われ、

「うん」と返す。

「学校は？」

「三限まで。帰りにまわり道をしてカフェに行ってきた。沢井さんとコーヒーを飲んできた」

「沢井さんと？」とお兄ちゃんはやや驚く。

「そう。たまたま会って」

「あぁ、そういうことか」

「お兄ちゃんはさ、一人でコーヒーとか飲む？　カフェで」と訊いてみる。

「まあ、たまには」

「飲むんだ？」

「飲むよ。就活で時間が空いたときに」

「ドトールとかで?」

「まあ、そうだな」

そうだろう。お兄ちゃんはドトール。スタバへは行かない。スタバに一人でいるお兄ちゃんを想像できない。フラペチーノとか、頼まない。

まず、冷たいものを頼まないはずだ。昔、お父さんやお母さんとカフェでかき氷を食べたときも、あとで必ずお腹を下してた。雄大は胃腸が敏感なのかも、とお母さんが言ってた。だからお兄ちゃんは今もアイスを食べない。冷やし中華も食べないらしい。中華屋さんも、お兄ちゃん相手に冷やし中華を始めても無駄なのだ。

「今日は面接?」とも訊いてみる。

「そう」

「どうだった?」

「無理っぽい。あれじゃ連絡は来ないな」

「ダメだと、連絡してくれないの?」

「してくれるとこもあるし、してくれないとこもあるよ」

「ダメならしてくれないって、何かいやだね」

「先にそうは言われるから。不採用の場合、連絡はしませんて。二つめに受けた会社は、言われてないのに連絡が来なくてあせったけど」

「そんな会社は、落ちてよかったじゃない」

「まあな」と言ったあとに、お兄ちゃんは続ける。「でも受かりたいけどな」

それはそうだ。不採用の学生には連絡をしないような会社では働けません。内定は辞退します。なんて言える学生はいないだろう。

「ねぇ、お兄ちゃん」

「ん？」

店を継ぐ継がないの話をするつもりでいたのだが、さすがに唐突だと思い、とどまる。代わりに言う。それ以上に唐突なことを。

「千砂さん、いるでしょ？　店のお客さん。常連さん」

「あぁ。えーと、金本さん」

「そう。金本千砂さん。わかるよね？」

「うん。それが？」

「お父さんが好きだよ」

「は？」

これだと主語がお父さんになってしまう。お父さんが金本さんを好き、という意味になる。そう気づき、言い直す。

「千砂さんはお父さんのことが好き」

お兄ちゃんは驚かず、意外なことを言う。

「らしいな」

「知ってたの？」

「ファンだったんだろ？　戸部栄純の」

「ファンだったけど。わたしが言ってるのはそういうことじゃなくて。千砂さんは今のお父さんのことが好き。ファンとしてじゃなく、好き」

「どういうこと？」

「人として好き。居酒屋の店長として好きみたいなことでもなくて。男の人として好き」

「あの人がそう言ったわけ？」

「言わないけど。見てればわかるよ。千砂さんがお父さんを見る目は、もう、ファンの目じゃない」

「そう、なんだ」

「そう、だと思う」

「だから？」

「だから」

そのあとは続かない。いい言葉を思いつけない。結局はこんなふうに流れてしまう。

核心から離れてしまう。

「お父さんは、再婚とか、しないのかな」

「どうだろうな」

「するって言ったらどうする？」

「どうもしないよ」

「しないの？」

「しないだろ。というか、何もできないし」

「したら、いやだ？」

「何だよ、その質問。衣麻は、いやなの？」

「いやではないよ」

いやじゃないよ、が百パーセントいやじゃないとすれば、いやではないよ、は八十パーセント。二十パーセントはいやが残ってるように聞こえる。

それもいやなので、やはり言い直す。

「いやじゃないよ」

「何で言い直したんだよ」とお兄ちゃんが笑う。

結局、それで話は終わる。突っこんだ話にはならない。

まあ、兄妹《きょうだい》なんてそんなものだ。この手の話は、しないのが普通。してもこの程度。

〈なあ、やろうぜ〉と隆昇からＬＩＮＥのメッセージが来る。

〈セクハラ〉と四文字で返す。

〈いいツッコミ。それを口でしてくれよ〉

〈またセクハラ〉

〈考えすぎだっつーの〉

笑う。

相手が隆昇だから言える。ほかの男子になら絶対言わない。女子にだって言わない。いや。高校で一緒だったサッカー部女子たちになら言うかも。軽めの明るいエロ話ぐらいはしてたから。

隆昇が言う、やろうぜ、はもちろんお笑いのことだ。コンビを組もう、プロを目指そう、ということ。

このところ、頻繁にこの手のメッセージが来る。既読スルーしても来る。わたしが本気で断ってはいないから。

そう。付き合いが長い隆昇には、わたしがまだ本気で断ってはいないことが伝わってしまうのだ。本気なら、わたしはそれがちゃんと伝わるように言う。

隆昇は、本気でお笑いをやりたいのだろう。そうでなければ、ここまでは言ってこない。即答で断っておけばよかったと思う。ただ、一方では、そうしなくてよかったとも思う。

そうしなくてよかったと思うのは、それが何であれ人に誘われて悪い気はしないから、だと思ってた。初めは本当にそうだったかもしれない。でもここへ来て、それが少し変わった。何だか迷ってるような感じになってしまった。

ここ何日かはずっと考えてる。大学の授業中も考える。店で常連客の吉崎さんや宮木さんと話すときも考えてる。そうですよ〜、わたしももう花の女子大生ですよ〜、なんて言うときも考えてる。

わたしは今、坂を上ってる。比喩《ひゆ》とかではなく、本当に上ってる。歩いて大学に向かってるのだ。で、やはり考えてる。お笑いのことや隆昇のことを。

千駄木は坂が多い。南北に走る不忍通りから西に行こうと思ったら、たいてい坂を上らされる。そこは本郷《ほんごう》台地だから。

今歩いてるのは、有名な団子坂。その団子坂の北には、アトリエ坂、大給《おぎゅう》坂、狸《たぬき》坂、きつね坂、むじな坂、とある。

アトリエ坂は、お父さんが毎朝行ってる裏の文京区立須藤公園のわきの道。まあ、そこは細いし、短い。

大給坂の読みは、おぎゅう。かつて子爵の大給家の屋敷があったからそう名付けられたという。子爵とは、男爵の上で伯爵の下、らしい。今、そこは児童遊園になってて、立派なイチョウの木がある。木自体は立派だが、狭い児童遊園にぽつんとあるので、何かさびしい。

狸坂の上の辺りは、昔、狸山と言われてたらしい。そこに上る坂なので、狸坂。で、たぶん、狸と来たから、きつね坂。

そのあとのむじな坂には笑ってしまう。むじなはアナグマの別名らしいが、まず、アナグマ自体がぴんと来ない。むじなと言われたらやはり、同じ穴のむじな、という言葉が浮かんでしまう。悪そう〜に感じてしまう。

とにかく、坂、坂、坂。坂。わたしも中学校の行き帰りはどこかしらの坂を上り下りしてた。行きは上りで面倒だが、帰りは下り。まさに下校の感じがした。

小三の途中までは、墨田区の押上に住んでた。お母さんが亡くなり、お父さんが居酒屋を始めることになって、ここ千駄木に引っ越した。

お父さんは元プロレスラー。スター選手だったらしい。だから今でもたまにファンの人たちがお店に来る。それで売ってはいなくても、グルメサイトには戸部栄純の店と書かれてる。

わたし自身、中学生のころまでは、戸部栄純の店として売ればいいのに、と思っていた。そうすればお客さんはもっとたくさん来てくれるのに、と。そうしなくてよかったのだと今は思ってる。プロレスファンでない人も来られる、落ちついたいい店になったから。

でも。お父さんのレスラー時代の写真一枚ぐらいは店に飾ればいいのにな、とも思う。例えば、お母さんが撮ったお父さんの写真とか。ちょうどいいのがあるのだ。プロレスを観に行ったお母さんが、その会場で撮った写真。リングの隅の高いところから相手選手目がけて飛んだお父さんを写したもの。

そこに写ってるお父さんは、まだ三十歳ぐらい。娘が言うのも何だが、カッコいい。おっかなびっくりではない。ちゃんと目を開けて飛んでる。戦ってる。スターだったのもわかる。

なのにお父さんはプロレスをやめてしまった。もう四十三歳ではあったが、やろうと思えばまだまだやれたらしい。でもやめた。お母さんが亡くなり、お兄ちゃんとわたしたちの世話をする人がいなくなってしまったから。

お母さんが亡くなったときのことは、覚えてるようでよく覚えてない。何せ、いきなりだったのだ。

そのときわたしは八歳。小学校から家に帰ったらお父さんがいた。そして、お母さんが亡くなった、と言った。心臓の具合が急に悪くなったみたいだ、と。

その後、病院で、目を閉じたお母さんと会った。お母さんは本当に動かなかった。朝は元気に動いてたのに、そのときは少しも動かなくなってた。

わたしはそこで初めて泣いた。あとはもう泣きどおしだった。お兄ちゃんは、病院でお母さんと会ったときと葬儀のときに泣いた。お父さんは、どちらのときも泣かなかった。我慢してたのだと思う。

何だかわからないうちに葬儀が終わり、何だかわからないうちにもとの生活に戻った。お母さんがいなくなって悲しかったが、そこは小学生、少しずつ立ち直っていった。

お父さんとお兄ちゃんとわたし。たぶん、一番早く立ち直ったのはわたしだ。お兄ちゃんは、今もまだ立ち直ってないかもしれない。そう見せはしないが、お父さんだって、そうかもしれない。

その証拠に、二人の口から、お母さん、という言葉が出てくることはほとんどない。わたしがつい出してしまっても、その言葉は拾われない。だからわたしも、出さなくなってしまう。何か悪いような気がして。

お父さんの娘だからか、わたしは昔からスポーツが得意だった。

駆けっこではいつも一位。幼稚園にいたころは意識しなかったが、小学校に上がって、自分は足が速いのだと気づいた。

はっきりそれを教えてくれたのが、お母さんだ。

小学校で初めての運動会、一年生の春におこなわれたそれを、お母さんが観に来た。お父さんは来られなかった。地方でプロレスの試合があったのだ。

徒競走で一位になったわたしを見て、お母さんはものすごく喜んだ。もちろん、動画も撮った。撮ってるときにもう、うわ、すごいすごい、衣麻、速い！　と声を出してた。

家に帰ってからも、同じ熱量でわたしをほめてくれた。ほんと、速かった。衣麻はやっぱりお父さんの子なんだね。お母さんはすごく遅かったから、感心しちゃった。走り方もきれい。陸上の選手みたいだったよ。

お母さんは本当にそう思ってたのだと思う。わたしがお父さんの子であることが本当にうれしかったのだ。

小三の春に亡くなってしまったから、正直、お母さんのことをそんなに覚えてるわけではない。思い出がたくさんあるわけでもない。だからかもしれないが、わたしの印象はそれだ。お母さんはそんな人。お父さんのことが好きな人。お兄ちゃんのこともわたしのことも好きだが、まずはお父さんのことがちゃんと好きな人。

そして中学に上がるとき。文京区に本格的な女子サッカークラブができたことを知ったお父さんに言われた。

衣麻はスポーツが得意だから、やってみないか？

お父さんも昔サッカーをやってたらしいのだ。高校時代に柔道をやってたのは知ってたが、その前にサッカーをやってたのは知らなかった。ゴールキーパーだったという。

ならばと、わたしもやることにした。中学校は生徒数が少なく、部の数も少なかったので、やりたいものがなかったのだ。だから中学ではそのクラブでサッカーをやり、高校は女子サッカー部がある北区のそれに行った。

お父さんがゴールキーパーになったのは、体が大きかったから。なったというか、ならされた感じだったらしい。

わたしも女子にしては体が大きかったが、ゴールキーパーではなかった。フォワードだ。

身長は百六十七センチ、体重は秘密。百六十七センチは、サッカーをやってる女子のなかでも大きいほう。だからゴールキーパーの話も出た。でも同学年でわたしよりさらに大きな子がいたので、その子がやることになった。わたしの足が速いこともわかってたから、その足を活《い》かそうということにもなったのだ。

適性があったのか、結構うまくなった。大きいのでヘディングも得意だった。足でも頭でも点をとった。戸部衣麻半端ないって。と、チームメイトには言われた。

この体格と運動神経は、まちがいなくお父さん譲りだ。

それを譲られたのはわたしだけ。お兄ちゃんはちがう。身長百六十七センチ。わたしとまったく同じ。男子としては小さいほう。こちらはお母さん譲りだと思う。頭がよくて理系であるところもそう。

中学時代のクラブ同様、高校の部でもどうにかレギュラーになれた。ただ、本当にぎりぎりだった。周りがみんなうまいので、いつレギュラーから外されるかと常にひやひやしてた。

三年最後の大会は、全日本高等学校女子サッカー選手権。大会そのものは冬におこなわれるそれだ。ウチは東京予選の三回戦で負けた。関東《かんとう》予選にも行けなかった。最後の試合が終わったのは九月。そのため、受験勉強をする時間はできた。実際、そこそこした。高望みをしなかったからか、今の大学に受かった。

そこには、団子坂を上り、森鷗外記念館の前を歩いてずっと行くと着く。昔『とべ』でアルバイトをしてた佐瀬守人さんのカノジョ平川波音さんが好きだという森鷗外、その記念館だ。

文京区。文の京《ふみのみやこ》。その名のとおり、文京区には、文豪にちなんだものがたくさんある。この団子坂からして、そう。

江戸川乱歩《えどがわらんぽ》の作品に「D坂の殺人事件」という短編がある。そのD坂が団子坂らしい。

夏目《なつめ》漱石《そうせき》の『三四郎』にも出てくる。明治時代には、ここで菊人形の催しが盛んにおこなわれてたそうだ。

「D坂の殺人事件」は読んだことがないが、『三四郎』は読んだ。国語の教科書に載ってたから読んだ、のではなくて。ちゃんと文庫本を買って読んだ。

といっても、買ったのはわたしではない。お兄ちゃんだ。高校の夏休みの宿題として出された読書感想文を書くのにちょうどよさそうなので、借りて読んだ。お兄ちゃんも同じで、まさに読書感想文を書くために買ったらしい。

だったらちょうどいい。読まないで書いちゃおう。そう思い、あらすじを訊いてみた。何年も経ってるからよく覚えてないよ、とお兄ちゃんは言った。何か、あれだよ、三四郎が大学に行くんだよ。確か、東京帝国大学。

三四郎は東京帝国大学に行ったのですごいと思いました。近所の団子坂が出てきたのでうれしかったです。

それで終わりにするわけにはいかないので、しかたなく自分で読んだ。小難しい話なのかと思ったら、まさかのラヴストーリーだった。やるな漱石先生、と思った。

二年以上経ってるからわたしも内容はよく覚えてないが、迷子の英訳として、ストレイシープ、という言葉が出てきたのは覚えてる。シープは羊。直訳すれば、迷い羊、だ。

わたしが今まさにそれ。

サッカーはやめた。大学でやることは初めから考えなかった。わたしはお父さんとはちがう。プロになれるレベルではないのだ。サッカーはすごく好き。でもそれで競うのはもういい。やりきった。

で、何をやるのか。

誘われたからとはいえ。まったく新しいことを始めるのはありかもしれない。いや。誘われたからこそ、だ。そんなことでもなければ、人はまったく新しいものには出合えない。お父さんに勧められてなければ、わたしがサッカーをやることもなかったのだ。

実際にやってみて、楽しかった。自分がゴールを決めたときのあの爽快感《そうかいかん》を何度も味わうことができた。やめはしたが、やってよかったと思ってる。悪いことは何もなかった。あるとすれば、ちょっと足が太くなったことぐらい。サッカーをやってたから、男子とも気兼ねなく話せるようになった。隆昇とも友だちになれた。

お笑いをやるからといって、プロを目指すとか、そこまでは考えなくていい。今はまだいい。でも、動け。居酒屋の女将でも何でもいい。何かを目指せる人にはなれ。

ふっと短く息を吐く。両手でパンパンと顔を叩く。お相撲さんですか？　と思い、ちょっと笑う。ごっつぁんです、とつぶやき、さらに笑う。

下を東京メトロ南北《なんぼく》線が通ってる本郷通りを青信号で渡ったとき、隆昇からまたLINEのメッセージが届く。

〈三限来る？〉

必修だから行く、と文字を打ったところでふと思いつき、わざわざそれを消して打ち直す。

〈セクハラ〉

〈何でだよ〉

笑う。

今度はこう書く。

〈今向かってる〉

そこまで来ればもう、すぐだ。次の信号で横断歩道を渡り、少し歩けば通用口。キャンパスに入ると、ちょうど校舎から出てきた隆昇の姿が見える。地下の学食にいて、これから教室へ向かうのだろう。

隆昇は歩いてる。わたしには気づいてない。

小走りに横から寄っていき、言う。

「やるよ」

その声が思いのほか大きくなったからか、隆昇は驚く。

「うぉっ」わたしを見て、言う。「あぁ、戸部か。何て？」

「やる。お笑い。組む。コンビ」

「マジで？」

「マジで」

「何で？」

「何でかはいいでしょ」

「いいけど。何で急に？」

「急にでもないよ。ここんとこずっと考えてた。で、今結論が出た。やる」

「おぉ。じゃあ、えーと、どうする？」

「サークルに入ろう。周りにあれこれ言われたくないとか、そういう、強気なようで実は弱気な逃げはなし。三限が終わったら、二人で入りに行こう」

「マジか」

「だからマジだよ。決めるまでは迷え。でも決めてからは迷うな。って、こないだ読んだ本にも書いてあった」

「何の本？」

「江戸川《えどがわ》区かどこかが舞台の小説」

「タイトルは？」

「忘れた。確か、ひらがな二文字。まあ、それはいいよ。とにかく、決めたからには動こう。お笑いの門を叩こう」


「親父は戸部さんの大ファンですよ」と隆昇がお父さんに言う。「学生時代はムチャクチャ好きだったらしいです」

わたしにはファンだと言ってたが、ここでは大ファン。隆昇は盛った。色を付けたのだ。

「親父さん、何歳？」とお父さんが尋ねる。

「えーと、四十九です」

「おれより五歳下か。そのぐらいだと、まだ猪木《いのき》さんとかが好きなんじゃないの？」

「親父は戸部さんだったらしいです。ヘビー級でも飛び技ができるのがすごいと言ってました。あとでサインをもらってもいいですか？ 色紙、持ってきたんで」

「今さらおれのサインでもないだろうよ。もうやめて十年だよ」

「おれが親父にあげたいんですよ」

「何だ。親父さんがほしがってるんじゃないのかよ」とお父さんが笑う。

「まちがいなくほしがります。喜びますよ」

「まあ、息子が自分のためにもらってきてくれたらうれしいか」

「いずれ客としてこのお店にも来ると思いますよ。おれが来させます」

「それは、おれもうれしいな」

隆昇は隣のわたしに言う。

「戸部、悪い。色紙は持ってきたのに、ペン忘れちった。ある？」

「あるよ」

「貸して。あとで」

「うん」

そのあたりが隆昇だ。詰めが甘い。

見せてもらったネタも同じ。詰めが甘かった。設定は悪くないのに、それを活かしきれてないというか。もうひと押しが足りなかった。だからやはりわたしも一緒につくることにした。ああだこうだ言わせてもらうことにした。

その第一回ああだこうだ会議を終えて、隆昇とわたしは今『とべ』にいるのだ。

会議は団子坂下のサンマルクカフェでおこなわれた。そこでチョコクロを食べながらネタについて二時間話し、午後七時半すぎに『とべ』に移った。

今日は初めからそうするつもりでいた。隆昇がお父さんにわたしとのコンビ結成のあいさつをしたいと言うのだ。結婚するわけじゃないんだよ、とわたしは言ったが、コンビは夫婦みたいなもんだからあいさつはしときたいよ、と隆昇は言った。本当は、元プロレスラーの戸部栄純に会いたかっただけ、だと思う。

お笑いをやる。コンビを組む。とわたしが隆昇に言ったあの日。わたしたちは三限終了後に学食で落ち合い、どのお笑いサークルに入るかを慎重に検討した。所属人数とか、定期的なライヴ開催の有無とか、SNSを当たってそんなことも調べた。そして一つに絞り、その日のうちに代表とコンタクトをとって、その日のうちに入った。

もうすでにコンビを組んでると言ったら、驚かれた。コンビ名も訊かれたので、ハヤマイマだと言っておいた。隆昇がではなく、わたしが。暫定ではありますけど、とも言っておいたが、別に決定でもいいかな、と思ってる。

わたしも一応、『とべ』のアルバイト店員。でも今日は休みだ。ホールは歌恵さんがやってくれてる。

隆昇とわたしは、カウンター席に座ってる。D卓。お父さんの前。

いつも働いてる店で自分が客になるのは落ちつかない。だから時々立ち上がって席を離れ、歌恵さんを手伝った。今日も来てくれてる常連客の吉崎さんからは、お、衣麻ちゃん、客と店員の二刀流、と言われた。

最初の注文の際、隆昇は歌恵さんに言った。

「えーと、居酒屋さんだから、お酒を頼まなきゃまずいですかね」

それを聞いたお父さんがカウンターの内側から言った。

「出すわけない。未成年にお酒を出すほうがまずいに決まってるだろ」

「あ、そっか。そうですよね」

お父さんはついでにわたしにも言った。

「サークルで飲んじゃったりしてないだろうな」

「してないよ」

「飲めと言われても、断れよ」

「断ってるよ。お酒を飲んで帰ってきたことなんてないでしょ」

「君も飲んでないな？」とお父さんは隆昇にも言った。

「飲んでないです。って、正直、これまで一度も飲んでないかと言ったら、ないことはないです。ただ、サークルでは飲んでません。ほんとです。サークル自体、飲め飲め言う感じじゃないですし。今、そういうのがバレるとやっぱまずいみたいなんで。いや、バレなきゃいいってことではないですけど」

「そこで飲んでないならいいよ」そしてお父さんは再びわたしに言った。「これからも、飲めと言われたら断ってな」

「うん」

「居酒屋の店長が娘にそれを許すわけにはいかないからな」

「だいじょうぶです」と隆昇。「戸部さんはちゃんと断ってます。だからおれも断ってますよ。コンビなんで」

というわけで、隆昇は歌恵さんにソフトドリンクを頼んだ。コーラだ。わたしはジンジャーエール。

料理はお父さんにまかせた。ただし。煮込みとしそ巻きはちょうだいね、と言った。

煮込みは沢井さんがよそってくれた。隆昇はその煮込みを食べ、テレビのグルメリポーターばりに絶賛。で、さらにしそ巻きも絶賛したあと、親父は戸部さんの大ファンですよ、とお父さんに言ったのだ。

そして今。状況を理解した沢井さんがわたしに言う。

「お笑いか。意外だよ。でもおもしろそうだね。僕のラーメンより衣麻ちゃんのお笑いのほうがずっとおもしろそうだ」

「僕のラーメンて？」と横からお父さんが尋ねる。

「司法試験をあきらめたらラーメン屋をやろうかなっていう話です」

「え、そうなの？」

「まあ、思いつきですけど。もしそうなったら、店長も相談に乗ってくださいよ」

「おれはラーメンはわかんないよ」

「お店を開くやり方なんかを、ぜひ」

「それなら、まあ。でもラーメンか。すごいね。そんなこと考えてたんだ」

「まさに思いつきです。たぶん、やりませんよ。だって、司法試験に受かるつもりでいますから」

「司法試験、受けるんですか？」と隆昇が尋ねる。

「はい」と沢井さんが答える。

隆昇は店のお客さんだから、敬語。沢井さんはそういうところもちゃんとしてる。

「司法試験て、難しいんですよね？」

「難しい、んですかね」

「すごいですね、この店」

「何が？」とわたし。

「プロレスのスターに司法試験を受ける人。天才だらけじゃん」

「お父さんは元だよ。元スター」

「僕も受けるだけですよ」と沢井さんも言う。「受かってないんだから、店長とはちがいます」

「戸部も笑いの天才だったりして」

「何よ、その理屈。むしろ、天才はもう二人いるんだからあとは凡才と見るべきでしょ」

「いやいや、天才であってくれよ。そんで、おれも引き上げてくれよ」

「そこは自分の力で何とかしなさいよ。あんたが誘ったんだから、あんたがわたしを引き上げなさいよ」

と、まあ、そんな。ここまでですでにほとんどのところは伝わってる。

が、隆昇はあらためて、わたしとのコンビ結成の経緯をお父さんに説明した。

自分は戸部さんと同じ高校に通ってたこと。同じ文京区、本駒込に住んでること。高校では男子サッカー部にいたこと。サッカーは戸部さんよりずっと下手だったこと。お笑いをやるのはその高校時代から考えてたこと。戸部さんと同じ大学になり、男女コンビを組むのを思いついたこと。その素晴らしい思いつきにとりつかれてしまったこと。十八歳のうちに始めるべく、戸部さんに何度もアタックしたこと。戸部さんがやっとオーケーしてくれたこと。だからお笑いのサークルに一緒に入ったこと。それは戸部さんの意向であること。自分たちだけでやるのも考えたが、そんなのは強気に見せた弱気だと戸部さんに指摘され、確かにそうだと思ったこと。それだけでもう戸部さんはちがうなと思ったこと。戸部さんとならやれると本気で思ってること。

お父さんは調理をしながら聞くから、説明は切れ切れになった。

それでもどうにか隆昇が終えると、お父さんは言った。

「話はわかったけど。葉山くんは、何でそれをおれに言うんだ？」

「やっぱり男女コンビだし、一応、ごあいさつはしといたほうがいいかと思って」

「そうか。それは、まあ、ありがたいよ。気遣いには感謝する。で」

「はい」

「君に娘はやらん」

「え？」

「みたいなことは言わないよ。結婚するわけじゃないしな」

「あぁ。はい」

お父さんは隆昇をまっすぐ見て言う。

「ただ。そうなんだよな？」

「はい？」

「男女のコンビってのは、男女として付き合ったりはしないんだよな？」

「それは、えーと」

「何？」

「カレシカノジョでやったりするコンビもいないことはない、のかもしれません」

「でも衣麻と葉山くんはそうならないよな？」

「現時点では、なってないです」

「この先もならないよな？」

「未来のことは、何とも」

「ならないよ」と横からわたしが言う。

「ならないの？」と隆昇。

「なるの？」

「あ、いや、ならないと思うけど。でも、ほら、可能性がないとは言えないじゃん。あるかもしれないじゃん」

「ないよ」

「ないのかよ」

「あんの？」とお父さん。

「ないです」と隆昇。

それを聞いて、沢井さんが笑う。

「店長。お父さんになっちゃってますよ」

「お父さんだよ、実際」

そう言って、お父さんは調理に戻る。お刺身を切り、焼きものを焼き、揚げものを揚げる。

五分ほどして、お父さんは隆昇に尋ねる。

「締めは、焼きそばと焼きうどんとお茶漬けとおにぎりの、どれがいい？」

「焼きそばをお願いします」

「君、辛いのは好きか？」

「好きです」

「じゃあ、特製カレー焼きそばをつくってやるよ。メニューにないやつ」

「おっ。すごい」

「昔、道場でおれがつくった」

「プロレスの道場で、ですか？」

「そう。カレー絡みはたいてい何でもうまくいくんだけど、それはあんまり評判がよくなかった。だから実験台になってくれ。もし評価が高かったら、店で出すよ」

「マジですか」

そしてお父さんはその特製カレー焼きそばをつくった。隆昇の分だけでなく、わたしの分もだ。

食べてみた。わたしの評価は、微妙。でも隆昇はまたも絶賛。

「これ、うまいですよ。あれっ、ソースが濃いな、と思ったあとに、カレーがククッと来ます。メニューにあれば、おれは頼みますよ」

「衣麻は？」

お父さんにそう訊かれたので、こう答える。

「わたしは頼まないかな。この店じゃ難しいかも。学食なら人気が出るかもしれないけど。隆昇みたいなバカ舌学生は頼むだろうし。でもウチのお客さんは年齢層が高いから、ちょっと厳しいと思う」

「そうか」とお父さん。

「でも、カレー焼きうどんならいけるかも。うどんのほうがカレーとの相性はいいでしょ。カレーうどんがあるぐらいだから」

「カレー焼きうどん」

「これまでの焼きうどんは醬油焼きうどんてことにして、カレー焼きうどんもありってことでいいんじゃない？　焼きそばもソース焼きそばって名前にすれば、差別化もできてわかりやすいでしょ」

「なるほどな」

「あと、ついでに一つ。いい？」

「何だ？」

「こないだ、布のおしぼりを紙のに替えるかもって言ってたでしょ？」

「ああ。レンタルは高いからな」

「それは、やめたほうがいいと思う」

「何で？」

「布のおしぼりを好きな人は多いから。カレー焼きそばとちがって、お客さんの年齢層が高いからこそ、そう。ホールにいると、それをすごく感じる。実際、わたしにそう言ってくれる人もいるし。レンタル代は多少高くても、ちゃんと売上につながってると思うよ」

「おぉ。すごい」と言ったのはお父さんではない。沢井さん。「衣麻ちゃんこそ天才かも。お笑いのほうはわからないけど、飲食店経営の天才ではあるのかも」

「大げさですよ」とわたしは言う。「誰でも考えそうなことじゃないですか、こんなの」

「というそれが天才の発言だよ。たいていの天才は、自分が天才であることに気づかない」

カレー焼きそばのあと、お父さんはデザートのアイスも出してくれた。

「焼きそばのあとのアイスもうまいです」

隆昇がそう言うので、わたしはこう言った。

「何でもほめればいいと思ってるでしょ。アイスはお父さんがつくったものじゃなくて、買ったものだからね。あんた、お父さんをほめてるつもりで、アイス会社をほめちゃってるからね」

煮込みからそのアイスまででお腹はいっぱい。時刻は午後九時半。ということで、お父さんへのコンビ結成あいさつもそろそろ終了。

そうなるだろうな、と予想はしてたが。お父さんは隆昇からお金をとらなかった。お代を頂かなかった。

「今月のバイト代から引いといて」とわたしは言ったのだが。

「いいよ。これはおれのおごりだ」とお父さんは返した。

「ありがとうございます。ごちそうさまでした。ハヤマイマをこれからよろしくお願いします」

そう言って、隆昇は本駒込へと帰っていった。歩いても三十分弱。でもそこはめんどくさがりなので、JRの日暮里から山手線で駒込に行くという。

「おもしろい子だな」とお父さんが言い、

「つくるネタはそんなにおもしろくないけどね」とわたしが言う。

「これからだろ」

「だといいけど」

「何にしても、店に来てくれたのはうれしいよ」

「タダで飲み食いできて、隆昇も喜んでると思うよ」

「ならよかった。なあ、衣麻」

「ん？」

「やるならプロを目指したらどうだ？」

「え？」

「衣麻が彼を引っぱり上げてやるくらいの気持ちでやれよ。そのほうが楽しいだろ」

「あぁ」

「店を手伝わなきゃとかそんなことは考えなくていいから、そっちをがんばれ」

「まあ、うん」

「じゃあ、お父さんな」

「うん」

「前から一度言ってみたかったことを言うぞ。衣麻が生まれたときから、いつか本気で言ってやろうと思ってたことだ」

「何？」

にんまりと楽しそうに笑い、父は言う。

「飛べ、衣麻」

五月　戸部雄大《ゆうだい》

「戸部さんはどうして保険会社の試験を受けようと思われたのですか？」と訊かれ、「数学の知識をつかって保険商品を開発するアクチュアリーの仕事がしてみたかったからです」と答える。

してみたかったから、という過去形より、してみたいから、という現在形のほうがよかったか、と思う。

アクチュアリーとは、生命保険会社や損害保険会社などで保険金の策定や年金の掛金の策定をおこなう人のことだ。つまり、この保険料で人が何人集まれば商品として成立するか、人を何人集めればこの保険料を維持できるか、というような計算をして保険商品のベースをつくる人。僕自身が数学科の学生なので、そんな志望動機になった。

「ではどうしてなかでも当社の試験を受けようと思われたのですか？」

「御社は生命保険会社ではトップランナーですし、外国資本の会社ではなく日本の会社だという安心感もあったからです」

「外国資本の会社はダメですか？」

　ヤバい、と思いながら言う。

「あ、いえ、そういうことでは決してなく」

　決してないその理由を思いつけないので、話を無理やりすり替える。

「母がこちらの保険に加入させていただいてたので、親しみがあったからでもあります」

　そう。父ではなく、母。父はプロレスラーだったので、保険に入るのは難しかった。入れるにしても、様々な条件が付いてしまうのだ。だからということでもないのだろうが、母が入っていた。それがこの会社のだった。就職したあとに入り、そのまま続けていたらしい。かなりたすかったと父が言っていた。おかげで店を開く際にした借金の額も抑えられたのだと。

　まあ、母もそこまで計算して保険に入ったわけではないだろう。将来自分がプロレスラーと結婚する、と予測していたはずもない。とはいえ、何かしらの計算はしていたかもしれない。計算。そう。実は母も数学科の出なのだ。

　大学の数学科は就職に不利、という話をたまに聞く。調べるとたいてい、決して不利ではない、みたいなことが書かれている。実際どうなのかはよくわからない。単なる励まし、という可能性もある。

ＩＴ業界や製造業界のほか、保険・金融業界も数学科の学生には人気らしい。数学の知識をつかって保険商品を開発するアクチュアリーや同じく数学の知識をつかって金融商品や投資戦略を分析するクオンツとして活躍する人も多いらしい。

というそのネット情報を鵜呑《うの》みにして、今日はこの保険会社を受けた。そしてまさに書いてあったことをそのまま志望動機につかった。三日前には証券会社を受けた。やはり志望動機として、数学の知識をつかって金融商品や投資戦略を分析するクオンツの仕事がしてみたかったからです、と言った。そこでも、してみたかったから、と過去形にしてしまったような気がする。

三日前も今日も、面接の手応《てごた》えはゼロだ。何もないことを表す数。任意の実数Ｘに対し、Ｘ＋０＝Ｘとなるただ一つの実数。０。

就活は不毛な作業だと、やってみてわかった。必要は必要。やらないわけにはいかない。志望動機などは、訊かれるから答えるしかない。正直、行きたい会社も業界もないのだ。働きたくないということではない。働くべきだとは思っている。ただ、何故ウチの会社を？　と訊かれても、うまく答えられない。特別な理由はないのだ。妥当だと思ったから。それを、行きたい、に言い換えているだけ。

ウチは理系大学だから、二人に一人は院に進む。化学科なんかだと、四人に三人がそう。僕がいる数学科は三割程度。就職する人のほうが多い。母もそうしたらしい。

僕も一度は院を考えたが、あと二年はしんどいな、と思った。さらに二年分の学費を父に負担させるのは、よくない。勉強や研究をそこまでしたいわけでもない。

ということで、三年生の三月から就活。あれこれ調べもした。この業界はきつそうだからいやだな、はあったが、この業界に行きたい、はなかった。そこで、業界を一つに定めるのでなく、いろいろな会社を受けてみることにした。そのほうが視野も広がるはず、というように考えて。

ただ、そうすると。どうしても、名前を知っている会社ばかりを選ぶ感じになった。それもどうかと思いはしたが、大手の会社に入れるのは悪くないので今もそうしている。大手狙いではないと言いつつ、大手ばかりをまわっている。

母の息子だからか、僕も理系。

といっても、算数が得意だったわけではない。小学校低学年のころは得意だったが、中学年のころからあやしくなり、高学年では苦手になりかけた。

それを早めに察し、いいほうへ導いてくれたのが母だ。文字どおりの家庭教師。僕に付きっきりで教えてくれた。母親による補助といった感じではなく、まさに先生のように教えてくれた。そしてその教え方がうまかった。学校の先生より遥《はる》かにうまかったと言っていい。

実は母、大学時代に進学塾で講師のアルバイトをしていたのだ。まさに小学生に算数を教えていたという。

はい、じゃ、今からお母さんが教えます、みたいな感じではなかった。僕が宿題をしていると、母はいつもスルスルッとやってきて、あ、小数のかけ算、などと言い、隣に座った。そしてそのまま参加するのだ。そう。まさに参加して、僕と一緒に問題を解いた。

僕がわからずにいると、少しだけたすけ舟を出した。本当に少し。笹舟程度のたすけ舟だ。だが僕はそれで正解に近づいていけた。できないと思っていた問題を自分で解くことの楽しさを味わうことができた。苦手になりかけていた図形の問題も苦手にならなくてすんだ。それが小学五年生のとき。その後一年もしないうちに母は亡くなってしまう。

結局、僕が数学科に進んだのは、それがあったからだ。自身数学が得意だったからではなく、母が数学科の出だったから。母に算数を教えてもらったことを無駄にしたくなかったから。

母が亡くなったときからずっと、数学科、は頭にあった。高校三年で文系クラスか理系クラスかを選ぶときも迷わなかった。特に理系科目の成績がよかったわけではないのに、僕は理系クラスを選んだ。二年生の三者面談のときに、文系でもよくないか？　と担任に言われたが、いえ、理系にします、と言った。同席した父も、雄大が行きたいほうでいいです、と言った。

今日は保険のことで自分から母を持ちだしてしまったが。その流れで面接担当者から母について訊かれるようなことはなかった。だから僕も母がすでに亡くなっていることを言わなくてすんだ。つまり、御社から母の死亡保険金を頂きました、と言わなくてすんだ。

就活を始めるまで知らなかった。入社面接で家族のことを訊くのはダメらしい。厚生労働省も、配慮すべきだと言っている。理由は、就職差別につながるおそれがあるから。

そのあたり、今日のこの保険会社はきちんとしていた。僕に家族構成を訊いてきたりすることはなかった。実際には、話の流れで訊かれることもあるのだ。雑談のような感じで。そんなときは答えてしまう。質問の意図は何でしょうか？　などとこちらから訊くのも何だから。

一度、半導体をつくる会社の面接でそうなったことがある。

そこでも、やはり話の流れで、実家が店をやっていますので、と自ら言ってしまった。

あ、そうですか、ちなみに何のお店を？　と訊かれ、居酒屋です、と答えた。すると、そこからまさかの展開になった。

千駄木で、居酒屋。そして僕の名字が戸部。面接担当者が言ったのだ。あれっ、もしかして、戸部さんの息子さんですか？

戸部さん。戸部栄純さん。その人はたまたま、戸部栄純が元プロレスラーで今は千駄木で居酒屋をやっていることを知っていたのだ。熱狂的なプロレスファンというわけではなく、居酒屋『とべ』に来たことがあるわけでもなかった。父が千駄木で居酒屋をやっているという事実を知っていただけ。それでも少しはプロレスの話になった。お父さん、強かったですよね、くらいのことは言われた。料理もできるのはすごいですね、と。まさに雑談の感じで。

そこの入社試験の結果がどうだったかと言うと。不採用。二次面接には進めたが、そこで落ちた。その会社は、そうなったこともきちんとメールで伝えてくれた。

〈誠に残念ではございますが、今回はご期待に添えない結果となりました。これからのご活躍をお祈り申し上げます〉

祈ってはいないだろうなぁ、と思った。それが昨日だ。

三日前に受けた証券会社からの連絡はまだ来ていない。まあ、いい連絡は来ないはず。で、今日の出来もこれ。望み薄。というか、ゼロ。

入社面接では、志望動機などのほか、これもよく訊かれる。尊敬する人はいますか？　またはいる前提で。尊敬する人は誰ですか？

いつも困る。いないと答えるのはなしだ。自分は自分、みたいな偉そうな印象を与えてしまう。数学科の学生だからといって有名な数学者を挙げたりするのも微妙。一度、ピタゴラスです、と答えて苦笑されたので、それからは控えた。

答としてよくあるのは、家族や著名人。面接担当者も知っている人なら伝わりやすい、と考えれば、いいのは後者かもしれない。例えばスティーブ・ジョブズとかイーロン・マスクとか。イチローとか大谷翔平《おおたにしょうへい》とか。

今日は、アインシュタインです、と答えた。数学が絡んでもいるからいいだろうと思ったのだ。が、またか、という顔をされた。スティーブ・ジョブズやイチロー同様、アインシュタインも、入社面接でその質問をされたときにそう答えるべき理想的人物、として名を挙げられているのだ。アインシュタインクラスなら、文系の人がそうしてもおかしくない。

充実感がまったくないまま面接を終えたのが午後二時。すぐ帰る気にはならなかったので、大学に行き、学食で遅めの昼ご飯を食べた。

今日は人気のチキン南蛮にした。チキンとはいえ、揚げもの。そこにタルタルソースをたっぷり。カロリー的には悪魔のメニューだ。だが味的には天使のメニュー。

チキン南蛮は宮崎が発祥らしい。『とべ』でアルバイトをしているそこ出身の沢井さんに聞いた。実はチキン南蛮にタルタルソースは必須《ひっす》ではないという。なかにはそれをかけずに提供する店もあるそうだ。南蛮、がタルタルソースを指すのだろうと勝手に考えていたが、そういうことではないらしい。唐辛子が入った甘酢に食材を漬けてつくられるのが南蛮漬け。それをチキンに用いたからチキン南蛮となったようだ。ちゃんとタルタルソースがかかっていた学食のそれを堪能《たんのう》し、その後は図書館へ。そこでは参考文献に当たり、来週提出のレポートを作成した。仕上げるまではいかなかったが、あとは清書をするだけという段階にもっていくことはできた。

それからは、数学の本をパラパラめくったり、息抜きに小説でも読んでみるか、と考えたりした。書棚の前を歩いていたら、夏目漱石の『三四郎』に目が留まった。読んだなぁ、と思った。確か、それで読書感想文を書いたのだ。高校の夏休みの宿題か何かで。話のなかに千駄木が出てくると聞いていたから。

内容は忘れてしまったが、ストレイシープ、という言葉は覚えていた。迷い羊。迷子だ。まさに今の僕。自分で言うのも何だが、羊というのがまた僕っぽい。弱そう。元プロレスラーの息子なのに。

やや大まわりになる東京メトロ東西《とうざい》線と千代田線との乗り継ぎで千駄木に戻ったのが午後五時すぎ。店の出入口ではなく、裏の狭い玄関から入り、まず二階、そして自分の部屋がある三階に上がる。

父も衣麻もいない。どちらも一階の店にいるのだ。

父は店長。衣麻はアルバイト店員。どうしても人が足りないときは僕も手伝いを頼まれるが、衣麻はそういうのではない。きちんと雇われたアルバイトだ。高校を卒業してすぐに週五でやるようになったが、今は週二、三。代わりに、そもそもは早い時間の仕込みのみだった西口歌恵さんがホールもやる。衣麻は、大学でお笑いのサークルに入ったのだ。高校までやっていたサッカーはやめて。

ただ、衣麻も今日はアルバイト。だから、まあ、店が閉まる午後十一時までは僕一人だ。

ということで。とりあえず部屋のパソコンを立ち上げ、エロ画像を見る。

二十代の男なら、たぶん誰でもそのくらいはする。入社面接の手応えがゼロであった日でも。逆に、何かいいことがあった日でも。理系も文系も関係ない。そこは等しくエロい。それも生活の一部なのだ。極端なことを言えば。それが生きるということなのだ。

と自分に言い訳をしつつ、見る。

僕の場合は、検索で拾える画像を見るのみ。動画なども見られるあやしげなサイトには行かない。何故って、こわいから。おかしな請求をされたりするのはいやだから。それで我慢できるのだから決して性欲は強くないはず、と自分では思っている。

一方で、性欲はめんどくさいな、といつも思う。男は確かにエロいが、二十四時間エロいわけではない。二十三時間ぐらいはエロくない。自制はちゃんと働く。オンとオフの切り換えはできるのだから、ずっとオフのままにしておくこともできればいいのにな、とこれは本当に思う。

同じ代数の研究室に、南条宗樹《なんじょうむねき》という同期がいる。同じ四年生。川崎《かわさき》の自宅から通っている。そんなに親しくはない。その宗樹が前に言っていた。

いや、参ったよ。中学時代の同級生がAV女優になってた。マジで驚いたよ。おれも人から聞いて見てみたんだけど、確かに本人だった。もしかしたら顔とかおっぱいとかをちょっといじったりはしてんのかもしれないけど、本人は本人。もうマジで興奮したよ。

宗樹の説明によれば。その女優は、夢見多乃《ゆめみたの》。夢見たの。いかにもAV女優っぽいダジャレネームでデビューしていたそうだ。本名は、高杉若穂《たかすぎわかほ》。中学生のころは、そこそこかわいいが地味で目立たない子、だったらしい。本人に何か問題があるとか家庭に何か問題があるとか、そんな感じではなかったそうだ。

マジで興奮したと言う一方で、宗樹はこうも言った。

何やってんだろうな。こんなのやったらもう終わりじゃん。痕跡《こんせき》は一生消せねえじゃん。てっとり早く金がほしかったんだろうけど。何か、しょうもねえよな。

それを聞いて、ちょっといやだな、と思った。AVは見るくせにAV女優のことは低く見る。そんな人にはなりたくないな。そう思ってしまった。宗樹が言うことも理解できなくはないのに。

そのことを思いだし、気持ちが萎《な》えた。だがこんなことを言ってる僕自身が偽善者なのかもな、とそんなことも考えた。

次いでこれも思いだす。

小学五年生のとき、一度だけ、母に強く叱られたことがある。

クラスメイトの母親のことを、男の人にお酒を飲ませる店で働いてるんだよ、と言ってしまったのだ。はっきりと否定的に。

だから何？　と母は言った。お父さんがお付き合いでそういうお店に行くこともあるよ。お母さんがそういうお店で働いてた可能性もあるよ。雄大がそんなお母さんの子だった可能性だってあるよ。もし本当にそうだったら、雄大はお友だちにそんなことを言われていやな気持ちにならない？　お友だちと一緒になって、お母さんのことを悪く言う？

予想外のそんな言葉に驚き、僕は何も言えなかった。

母は続けた。お仕事にはいろんなものがあるの。警察官だって学校の先生だって立派なお仕事だし、プロレスラーだってホステスさんだって立派なお仕事。ちがいなんてない。人の役に立ってる以上、それは立派なお仕事なの。だからそんな言い方をしちゃダメ。

何でエロ画像から母のことを思いだすんだよ、と思いつつ、僕はさらに思いだす。

亡くなる少し前、僕はもう六年生になっていたから本当に少し前、やはり算数を教えてくれていたときに、母はこんなことも言った。

人生にはね、算数みたいにはっきりした答はないの。でもはっきりした答があるから算数はおもしろいし、はっきりした答がないから人生はおもしろいの。お母さんはどっちも好き。雄大にも、どっちも好きになってほしい。

今になれば不思議だ。母はいったいどんな流れでこんなことを言ったのか。

それからもしばらくは惰性でエロ画像を見ていたが、今日はもういいや、と思い、検索をやめてしまった。そうか、こうやって素早く気持ちを萎えさせることを覚えれば性欲をずっとオフのままにしておけるのかもな、とも思った。いや、でも無理か。今日の場合は、たぶん、入社面接がうまくいかなかったことも響いてはいるのだ。

結局はそんなふう。性欲は、それ単体で独立しているわけでもない。ほかのあれこれと連動している。人間はかくも複雑なのだ。スマホやパソコンのアプリが裏で勝手に動いているように、自分では制御できない何かが裏で勝手に動いてしまう。

ちなみに僕、夢見多乃、で検索をかけたことはまだない。この先もそれはしない自分でありたいな、と思っている。そこは律せる人でいたいな、と。

で、午後六時すぎ。二階の居間に下り、ソファに座ってテレビを見た。民放のニュース番組だ。行列ができる人気飲食店の特集のようなことをやっていた。

学食のチキン南蛮で充分。何か食べるのに一時間も並びたくないよなぁ。自分が食べてるときも後ろに誰かが並んでると思うと落ちつかないよなぁ。などと考えていたら。店から上がってきた衣麻に言われた。

「あ、よかった。いた。お兄ちゃん、房代さんが店に来てるから、ちょっと下りてきて」

房代さん。三月の初めまで『とべ』でパートをしていた水原房代さんだ。西口さんが仕込み担当だったのに対して、水原さんはホール担当。

「何か用？」と尋ねてみる。

「ではないけど。姫ちゃんを連れてきてるの」

「あぁ。孫？」

「そう」

伊東姫ちゃん、だ。その姫ちゃんの世話をすることになったから、水原さんは店をやめた。娘の留香さんが一年の育休期間を終えて会社に戻ることになったのだ。

「わたしが呼んできますって言っちゃった。ほら、来てよ」

そう言われたら行かないわけにもいかない。妹がお兄ちゃんを呼んできますと言い、兄、拒否。それはよくない。リモコンでテレビを消し、マスクを着ける。チノパンに穿《は》き替えるべきかと思ったが、店の手伝いに出るわけではないのでいいだろうと思い直し、スウェットパンツのまま一階の店へと下りる。

来ていたのは、水原さんと姫ちゃんだけではない。姫ちゃんを抱いた留香さんもいる。長く店で働いてくれた水原さんはともかく、留香さんと会うのはこれが三度めぐらいだ。姫ちゃんはもちろん初めて。

「雄大くん、呼び出してごめんね」と水原さんが言い、

「あ、いえ」と僕が言う。

「ちょっとあいさつに来ただけ。すぐ帰るから」

「こんばんは。お邪魔してます」と留香さん。

「こんばんは」

「姫ちゃん」と横から衣麻が僕に紹介する。「今、一歳二ヵ月」

留香さんが姫ちゃんをこちらに向けてくれる。

マスクをしているとはいえ、そんなには近寄らない。万が一があると困るから。自分のせいで赤ちゃんが病気になったらたまらない。

「えーと」と声を小さくして言う。「こんばんは」

「何それ」と衣麻が言い、
留香さんと水原さんが笑う。

「だって、言葉はまだしゃべれない、ですよね？」

「パパママくらいはもう言うよ」と留香さん。

「あ、そうなんですか。早い、ですか？」

「どうだろう。普通じゃないかな。個人差があるとは聞くけど」

あらためて姫ちゃんを見る。一歳だともうこうなのか、と思う。髪は普通に生えている。感情があることもはっきりわかる。視界に僕がいる、のではなく。姫ちゃんが自分の目でしっかり僕をとらえている。敵、と判断されていなければいい。

「今日は姫がウチに来たからね、そうだ、栄さんにも見せちゃおう、と思って」と水原さんが説明する。

栄さん。水原さんは父をそう呼ぶ。店長、や、戸部さん、ではなく、栄さん。歳は水原さんのほうが下。今、五十歳ぐらい。若いおばあちゃんだ。

「留香ちゃん、何か食べてけば？　すぐつくるよ」とカウンターの内側からその栄さんが言う。

「ほんとにだいじょうぶです」と留香さんが返す。「これからダンナも来るんで」

「そのご飯をつくんなきゃいけないのよね」と水原さん。

「じゃあ、ダンナさんもこっちに呼びなよ。その分もつくるから」

「でも、ほら」とこれも水原さん。「姫にも食べさせなきゃいけないから」

「あ、そうか。じゃあ、次来たときは連れてきてよ、ダンナさんも」

「はい。そうさせてもらいます。戸部さんからも言ってください。浮気をしたらおれが許さないって」

「ちょっと」と水原さんが留香さんをたしなめる。「それじゃ彼が浮気する人みたいに聞こえるじゃない」

「する人じゃなく、した人か」

「え？」と父。

「結婚前、付き合ってたときに一度したんですよ」と留香さん。「といっても、大したものではなくて。二人で飲みに行ったぐらい」

「うーん」

「だから戸部さんにも一言言ってもらえるとたすかります」

「栄さんをそんなことにつかわないでよ」

「そういうことなら喜んでつかわれるよ。おれも浮気は許さない」

「そのときはお願いします」と笑顔で留香さん。

「雄大くん、就職活動はどう？」と水原さんが僕に尋ねる。

「えーと、なかなか大変です」と正直に答える。

「そうなの？　雄大くんは優秀なのに」

「いえ、優秀では」

「まだリモート面接なの？　去年みたいに」とこれは留香さん。

「そうでない会社もありますけど。一次面接はリモートっていうところもあるみたいです」

「ただでさえ十五分二十分なのにリモートはきついよね。それで何がわかるの？　って感じ」

「そうですね」とは言うが。

コミュニケーション能力が決して高いとは言えない僕なんかは、もしかしたらリモートのほうがいいのではないか。そのほうがいろいろごまかせるのではないか。と、最近思わないでもない。

「栄さんの息子なんだから何とかなるよ」と水原さん。

「いや、父親が元プロレスラーじゃ有利にはなんないよ」と父。

「がんばってね」と留香さん。

「ありがとうございます」と僕。

そして三人は帰っていく。衣麻が外まで送り、戻ってきて、引戸を閉める。

それから五秒もしないうちにその引戸が開く。勢いよく、ガラリと。

衣麻が振り向き、一瞬驚いてから、言う。

「いらっしゃいませ」

驚いたのは、入ってきた人がデカかったからだ。そう。大きいというよりは、デカい。

男性。金に近い茶髪。黄色い半袖《はんそで》のTシャツから日焼けした太い腕が出ている。歳は水原さんぐらい。五十前後。

これはもうどう見ても、と思っていたら、父が言う。

「イヌイ」

「おぉ。戸部さん」と男性が応える。「暖簾に『とべ』って書いてあったからそうだとは思ったけど、やっぱりそうだった。久しぶり」

「久しぶりも久しぶりだな。何、どうした？」

「いや、前々から来るつもりでいたんですけど、いいタイミングがなくて」

「まあ、千駄木に来る用事もないだろうからな」

「東京にはいるんだから来ようと思えばいつでも来られるんですけどね。ここは後楽園ホールからも近いんだし。いい加減、わざわざ来ようとしなきゃダメだなと思って。そんで来ましたよ」

「そうか。座れよ」

「カウンターでいい？」と衣麻が尋ね、

「ああ」と父が答える。

衣麻がイヌイさんを父の前、D卓に案内する。

「こちらへどうぞ」

「どうもどうも」

イヌイさんがイスに座る。体重はたぶん百キロ超。イスがミュウッと軋《きし》む。

衣麻がすぐにおしぼりを差しだす。

「ありがと」とイヌイさんが受けとる。「こんな若い子がいるんだ？　今はコンビニも居酒屋もばあさんばっかりなのに」

「娘だよ」と父が言う。

「えっ？」

「おれの娘」

「マジで？」

「衣麻です」と衣麻が自ら言う。「コロモにアサで、衣麻」

「衣麻ちゃん。いくつ？」

「十八です。来月十九」

「ここで働いてんの？」

「アルバイトをしてます。今、大学一年です」

「あぁ。そういうことか。女の子ってことは、下の子？」

「はい」そして衣麻が言ってしまう。「上は、そこに」

「ん？」とイヌイさんが僕を見る。ホールに立ち尽くしている僕を。

「息子？」

僕より先に衣麻が言う。

「はい。長男です。雄大。雄大な自然、の雄大」

「えーと、こんばんは」とそこで僕も言う。

「こんばんは。何、兄ちゃんもここで働いてんの？」

「いえ」と衣麻。「アルバイトをしてるのはわたしだけです。今はたまたまここにいただけ」

「あの、就活中なので」と何故か弁解めいたことを言ってしまう。

「イヌイ、何飲む？」と父が尋ね、

「生」とイヌイさんが答える。

「大でいいな？」

「うぃっす」

父の隣でそれを聞いたアルバイトの沢井さんが生ビールをサーバーから大ジョッキに注ぎ、衣麻に渡す。

「お待たせしました」と衣麻がそれをコースターの上に置く。

「待たされてないよ」とイヌイさん。「いいね。これだけでもう、いい店だってのがわかるよ。生で待たせちゃダメ」

「よかった。ありがとうございます」とそこは敬語で父。「つまみはどうする?」

「まかせますよ。戸部さんが適当につくって」

「わかった。心を込めて、適当につくるよ」

「頼んます。あ、そうそう。もうおれも五十二で、昔ほどは食えないから」

「了解」

「いや、ほんと、二十代にくらべたら五分の一。日によっては、定食屋でご飯の大盛りを断ったりするからね。タダでそうしてくれるって言ってんのに。四十代になってガクッと来て、五十代になってさらにガクッと来た。ほんと、食えなくなった」

「わかるよ。おれもそうだ。六十代になったら、もうサラダで充分かもな」

「そうそう。そうなんだよね。最近、サラダがやたらうまくてさ。二十代のころは、何で葉っぱ食わなきゃいけねえんだよって思ってたけど。実際、とんかつ屋ではキャベツを丸々残したりもしてたけど。今はもう、葉っぱ、うまいうまい。ロースかついらない。キャベツ定食でもいいぐらいだよ」

はい、乾杯、と二人で言い、イヌイさんはビールをゴクゴク飲む。一気に五口ぐらい。それで大ジョッキの半分が空く。

「あぁ。でもビールはうまいわ。量は飲めなくなったけど、うまいことはうまい」

「そう。プロレスラーさん、なんですよね？」と衣麻が尋ねる。

「そう。プロレスラーさん。見てのとおりの悪役ね。ヒールレスラー。お父さんほどカッコよくはないからそうなった。悪っそうに見えるでしょ？」

「はい」

「はいって言っちゃったよ」とイヌイさんが笑う。

それには父も僕も笑う。

「でもおれ、悪いことはしないけどね。暴力はふるわないし、ケンカもしない。頭が悪いから詐欺とかインサイダー取引とかもできない。信号は守るし、ごみ捨てのルールも守る。たばこのポイ捨てもしない。というか、まず、たばこを吸わない。子犬とかも好き。飼ってる」

「飼ってるんですか？」と衣麻。

「うん。まあ、嫁がだけどね。ウチは子どもがいないから。おれも散歩とかはするよ」

「犬種は」

「パグ。おれに似てるって嫁が言うよ。パグはあの顔でもかわいいのにあんたがかわいくないのは何でだろうって。失礼しちゃうよな、結婚しといて」

それからも、イヌイさんとあれこれ話をした。主に話したのは、兄とちがって高いコミュニケーション能力を誇る衣麻だが、引きあげるタイミングを失った僕もそこにいた。

食べる量も飲む量も減ったというイヌイさんだが、ビールを飲むペースは速かった。あっという間に大ジョッキを空け、お代わりを衣麻に頼んだ。その二杯めもやはり速攻で沢井さんから届けられたが、イヌイさんも速攻。すぐに飲み干し、三杯めへと進んだ。

話を聞くうちに、イヌイさんは乾源作さんであることがわかった。それがリングネームで、父同様、本名。ずっと悪役一筋で来た。正義側、いわゆるベビーフェイス側にまわったこともあるが、それは一瞬。すぐヒールに戻ったそうだ。正義側だと得意のイス攻撃がやりづらい、ということで。相手の猛攻に耐えに耐えてイス攻撃、では今一つ正義感が出ないらしい。

父と沢井さんが出す串ものや煮込みを食べながら、乾さんは言った。

「一時期はほんとに凶悪なヒールだったからさ、おれ、お父さんに火を点けたこともあるよ」

「火ですか?」とこれは僕。

「そう。戸部さん、髪、ちょっと焦げたよね?」

「かなり焦げたよ」と父が答える。「そのときは長髪だったけど、しかたないから一度坊主にした。丸刈り」

「そういやそうだった。それで今度は髪を引っつかめなくて困ったよ。あとは、あれだ、金属バットでぶっ叩いたこともあるな」

「本物の金属バット、ですか?」とこれも僕。

「うん。本物。だから気をつかったよね。尻《しり》を叩いたり、腿《もも》を叩いたりで」

「でも痛かったよ」と父。

「まあ、金属だからね。痛くしないのは無理。そういや何年か前に高校生が中学生を金属バットで殴っちゃうなんて事件があったけど。頭はないよな。デコにコンと当たるだけで痛いじゃん。振り下ろすのはヤバいって。よく死ななかったよな、あの子。直撃してたら、おれらレスラーだって死んじゃうよ」

乾さん。かつては父と同じプロレス団体にいたという。歳は二つ下だが、入門は一年あと。高校を中退してプロレスをやることにしたらしい。二十年いて、退団。よそに移るが、そこも数年で退団。それからはフリーでやっている。あちこちの小さな団体を渡り歩いているのだそうだ。

乾さんは衣麻と僕に言う。

「お父さんの現役時代、知ってる？」

「そんなには」と僕が返す。

「ムチャクチャ強かったよ。試合でも強かったし、道場でも強かった。柔道の基礎があるからさ、寝技がうまいんだよね。どんな体勢からでも腕ひしぎ十字固《じゅうじがため》に持っていけんの。おれ、道場で何度腕を伸ばされたか」

「乾も意地になってなかなかタップしなかったからな。練習なんだからすぐすりゃいいのに」

「いや、そこはしないでしょ。何とか返せないかと思って、あれこれ抵抗して、でも結局タップ。痛ぇの何のって」

乾さんはしそ巻きの一本を横からかっさらうように一口で食べて、ビールを飲む。

僕を見て言う。

「でもあれだな、戸部さんの息子だからがっちりしてんのかと思ったら、案外華奢《きゃしゃ》だな。スポーツとかやってんの？」

「やってないです」

「やってたことは？」

「ないです」

「ソフトテニスをやんなかった？　中学のとき」と衣麻が余計なことを言う。

「あれはやったうちに入らないよ」

一ヵ月でやめてしまったのだ。これは無理だと思って。

「柔道とか、やりゃよかったのに」と乾さん。「戸部ジュニアなんだから、やればうまくなったよ」

それも無理だと思う。ただでさえ運動は苦手。武道なんて絶対無理。

「兄貴はあれだけど、衣麻ちゃんはいい体してんな」

「いい体って言うな」と父。

「サッカーをやってたんですよ」と衣麻自身が言う。

「今はやってないの？」

「はい。大学でやれるほどではなかったので」

「何だ。もったいないな。じゃあ、プロレスをやったらどうだ？」

「はい？」

「女子プロレスラーになるんだよ。女子なら衣麻ちゃんより小さい選手だってたくさんいるから。戸部栄純の娘。話題になるぞ。人気出るぞ」

「いやぁ。痛いのはわたし無理です。サッカーをやってたとき、ディフェンダーに削られて足首を捻挫《ねんざ》しただけで泣きそうになりましたし。それに、今はお笑いをやってるので」

「お笑い？」

「はい」

「芸人になるってこと？」

「一応」

「へぇ。すごいな」

「すごくないです。目指すだけなら誰でもできますし」

「おぉ。言うことがカッコいい。さすが、戸部栄純の娘はちがうね。立派な親の子は立派になるんだな」

「おれは立派じゃないよ」と父。「ただの居酒屋の親父だ」

「居酒屋の親父は立派でしょ。店を持っちゃってんだから。家族で店。いいなぁ。おれもいずれこんな店をやりてえよ。でも無理か。道場でおれのちゃんこは不評だったし」

そこで引戸が開き、また一人お客さんが入ってくる。

金本さんだ。金本千砂さん。父のことを好きだと衣麻が言っていた常連さん。

「いらっしゃいませ」とまず衣麻が言う。

沢井さんと父が続き、今は店員の立場ではない僕も続く。

金本さんはこちらへ寄ってくる。カウンター席を見て、言う。

「乾源作！」

「呼び捨てかい」

「何で？」

それには父が応える。

「来てくれたんだよ。店に来るのは初めて。ここで会ったことはないでしょ？」

「ないです。うわ、すごい。ほんとに乾源作」

「だから呼び捨てかい」と乾さんが笑う。

「千砂ちゃん、隣でいい？」と父が尋ねる。「乾がデカいから狭いけど」

「逆に、いいんですか？　隣に座って」

「うん。むしろそうしてくれるとたすかる」

詰めてくれればカウンターにあと二組入れられるからたすかる、ということだ。

「わたしはぜひ。光栄です」

「おれも光栄」と乾さん。「すごい。まさかこの店で隣に女性が付くとは」

「付くって言うな」と父。

衣麻がイスを引き、ありがと、と金本さんがそこに座る。そして誰にということもなく、こう尋ねる。

「何で家族勢ぞろい?」

「たまたまです」と衣麻が答える。「さっきまで房代さんが来てたんですよ」

「あぁ。水原さん」

「娘さんとお孫さんも一緒に。お孫さんの顔を見せに来てくれました」

「なるほど。そういうことか」

その金本さんの来店が、僕にとってはいい引き際になった。もうこのあたりでいいな。そう思えたのだ。

といっても、金本さんが来たから去る感じになるのはよくないので、あいさつはする。

「ゆっくりしてってください」

「うん。どうも」

そして僕は店の奥の狭い階段を上り、二階へと戻る。

午後七時半。晩ご飯の時間だが、昼が遅かったのでそんなに腹は減っていない。それでも、食べられるなら食べてしまうのが大学生。冷凍庫を見て何にするか迷い、チャーハンを選ぶ。

父がいつもあれこれまとめ買いしておいてくれるのだ。チャーハンやピラフといった米ものに、パスタや焼きそばといった麺もの。ピザにグラタンにお好み焼きにたこ焼き。

で、今日はチャーハン。皿に盛り、ラップをかけずに電子レンジで温める。

最近の冷凍チャーハンは本当にうまい。料理人の父も言っている。冷凍でこれをやられたら中華屋もきついよなぁ。家庭の母親だって、チャーハンをつくりづらいだろ。冷凍のやつのほうがいいって子どもに言われちゃうから。

言われちゃうだろう。僕も今子どもなら、言っていたかもしれない。もし母が生きていたら。チャーハンは冷凍のでいいよ、と。だが実際には言わなかった。まだ冷凍のチャーハンはここまでうまくなかったし、母のチャーハンも充分うまかったから。

例えば土曜や日曜の昼、もしくは夏休みや冬休みの昼。炊いたご飯が残っていたときの昼ご飯はかなりの高確率でチャーハンになった。そうでなければチキンライス。オムライス好きの衣麻はチキンライス推しだったが、僕はチャーハン推しだった。刻んだ自家製チャーシューにたまねぎに玉子。その分量が絶妙だった。

母は自宅でもパラパラチャーハンをつくることができた。溶いた卵を温かいご飯と混ぜてから炒めるのがコツ。というそれは高校生のころに父に聞いた。母が亡くなって何年もしてからだ。

市販の冷凍チャーハンは確かにうまい。だが母のチャーハンを超えるほどではない。亡くなって初めてわかった。というか、意識した。母は料理がとてもうまかったのだ。やはり父も言っていた。プロレスの巡業先で食べる各地のご飯もうまかったが、結局、家に帰って食べるお母さんのご飯が一番うまかったと。

不幸なことが何も起きなければまだ押上のマンションで母のチャーハンを食べていたはずが、今は千駄木のこの家で冷凍チャーハンを食べている。その不思議を思う。僕が小六、衣麻が小三のとき、四人から三人に減った戸部家はここに移ってきた。つまり僕ら兄妹は転校した。

中学校は生徒数が少なく、部の数も少なかった。だからスポーツが得意ではない僕でももしかしたら、と思い、ソフトテニス部に入った。が、もしかしなかったので、一ヵ月でやめた。もしかは、まったくしなかった。そう。僕は、プロレスラーの息子であることを誰からも疑われるほどスポーツがダメなのだ。

結局、ソフトテニス部をやめたあと、ゴールデンウィーク明けにパソコン部に入る、という変な形になった。そこには三年生として引退するまでいた。パソコンでイラストを描いたり簡単なゲームをつくったりして、穏やかな時を過ごした。

高校は、同じ文京区にある都立に進んだ。一応、進学校とされているところだ。そこでは天文部に入った。活動は週二日、というところに惹かれてだ。とはいえ、昼休みにも動いたり不定期に天体観望会があったりで、思ったほど楽ではなかった。まあ、それはそれでよかった。そこへの入部がきっかけで、カノジョができたから。

天文部はそもそも女子が多かった。男子六人に対してその倍。十二人いた。文化部に女子は多いものだが、理系文化部に女子は少ない。例えば化学研究部はやはり少なかった。だが天文部はそれ。星好きな女子は多いのだ。

僕のカノジョとなった滝杏珠《たきあんじゅ》もその一人だった。好きな星座は何？と訊かれて驚いた。好きな星座、という言葉自体がもう新鮮だった。おとめ座かなぁ、と僕は答えた。自分がその生まれだからだ。杏珠が好きなのはてんびん座だった。ただ、その生まれというわけではなかった。形が好きなのだそうだ。

国際天文学連合が定めた星座は八十八ある。その星座で一番明るい星をα《アルファ》星、次に明るい星をβ《ベータ》星、その次に明るい星をγ《ガンマ》星と呼ぶ。おとめ座のα星はスピカ。というそれらはすべて杏珠に聞いて知った。

同学年の杏珠とは、夜の天体観望会でちょっと話すようになり、ＬＩＮＥで個人的にやりとりをするようにもなった。するといつの間にか、戸部と滝はあやしい、と言われるようにさえなっていた。それでむしろ言いやすくなり、付き合って、と僕は杏珠に言った。いいよ、とあっさり言われた。みんな、もう付き合ってると思ってるみたいだもんね、とも。

おぉ。女子と付き合えた。と、そのときはちょっと感動した。いや、かなりした。

ただ、その後も、その前と何ら変わることはなかった。ＬＩＮＥのやりとりがいくらか増えただけ。杏珠は電車通学で、住んでいたのは豊島《としま》区。方向がちがったから、一緒に帰るようなこともなかった。変わったことがあるとすれば、カノジョがいる、と言えるようになったことくらいだ。僕にとってはそれだけでも充分大きかったが。

実際、デートと言えるほどのデートは二度しかしていない。池袋のサンシャインシティでのプラネタリウムデートと、同じサンシャインシティでのシネコンデートの二度。

で、僕らは卒業後すぐに別れた。ちがう大学に行ったんだからしかたないよね、というようなことを僕が言い、戸部くんがそう言うなら、と杏珠が応じた。まさにあっさりした別れ方だった。

だがそれは結果そうなっただけ。僕はちょっと後悔している。いや、かなりしている。

本当は、自身の生まれとは無関係に、その形が好きだからてんびん座が好きだという杏珠のことが、僕はとても好きだった。星座占いはまったく信じないが星座そのものは好き、というその感覚もとても好きだった。初めて、自分と合いそうな女子もいるのか、と思えた。初めて自分が人をちゃんと好きになったような気もした。

が、自信がなかったのだ。杏珠をつなぎ止めておく自信が。杏珠に僕のことを好きでいてもらえる自信が。

杏珠は僕のところよりもずっといい大学の経済学科に行った。周りにたくさんいるであろう優秀な男子学生たちに自分が勝てる気がしなかった。しかも僕は同じキャンパスにいさえしないのだ。それで勝てるわけがない。そう思ってしまった。具体的な誰かに杏珠をとられたくない。個人的な負けを味わいたくない。そうも思ってしまった。それならと、自ら引くほうを選んだ。ごまかせる負けを選んだ。

杏珠が今どうしているかは知らない。同じ四年生。もう就職の内定を得ているだろう。いい大学に行ったのだから、すでに二つ三つ得ているかもしれない。対して僕は、いまだゼロ。大学は、杏珠のところほど高偏差値ではないだけ。決して悪くはない。要するに、大学の問題ではないのだ。僕自身の問題。

これまでは、二次面接に一度進めただけ。あの半導体をつくる会社だ。面接担当者が戸部栄純を知っていたあそこ。二次とはいっても、四次まであっての二次だから、三次までしかない会社の一次に近い。予備予選を通っただけ、と見ることもできる。

面接を何度も受けてみてわかった。確かに、十五分二十分の面接で人の内面まではわからない。それでも、わかる部分というか、見えてくる部分もあるのだ。そこを見たいから会社はわざわざ面接する。

で、僕は、十五分二十分の面接で見えてくる部分だけで、こいつはダメだと判断されてしまっている。アクチュアリーだのクオンツだのピタゴラスだのアインシュタインだのと、毎回とってつけたようなことを言い、もう二ヵ月近く、ダメだと判断されつづけてしまっている。

何してんのかな、と思う。

今日。店の営業が終わるのは午後十一時半。いつもより三十分遅かった。基本的には十一時までなのだが、たまにはこうなることもある。閉店だからと父が常連さんを帰らせることはないので。

衣麻が二階に上がってきたのが午後十一時半すぎ。父は午前〇時。その時間でも、まだ僕は起きていた。寝るのはいつも午前一時ごろなのだ。

父は、仕事を終えたらすぐフロに入る。二階に上がってくるのは先でも、フロは衣麻があとになるのが普通。そのあとが僕。衣麻も僕も、寝る前に入るのだ。

父がフロに入っているあいだに、衣麻が僕の部屋にやってきた。いきなりなので、かなりあせった。

「お前、ノックしろよ」と言う。

エロ画像を見てるかもしれないだろ、とこれは言わない。まあ、衣麻が家にいて動きまわっている時間に見ることはないが。

ノックしなかったことへの謝罪も弁解もなく、衣麻はやはりいきなり言う。

「お兄ちゃん、お店は継がないの？」

「何？」

「将来、『とべ』は継がないの？」

「あぁ。継がないよ」

「じゃあ、わたしが継いでもいい？」

「は？　何だよ、急に。そういう話はお父さんとしろよ」

「お兄ちゃんがどう思ってるのか、ちゃんと訊いとこうと思ったの。継がないのね？」

「継がないよ。たぶん」

「たぶんとかやめてよ」

「継がないというか、継げないよ。料理とかできないし」

「料理人さんは雇って自分は経営に専念する、みたいなことはできるじゃない」

「できるかもしれないけど。そんな規模の店じゃないだろ」

「まあ、そうか」

「でもお前、お笑いは？」

「やるけど」

いい機会だから、そこで初めて尋ねてみる。

「コンビなんだよな？　葉山くんていう子と」

「うん。隆昇」

「衣麻は、ボケなの？　ツッコミなの？」

「今は一応、ツッコミ」

「そうなんだ」

「ただ、いずれその垣根をなくそうって、隆昇とは話してる」

「へぇ」

「でも今はツッコミだから、リフティングの練習をしなきゃいけなくなった」

「リフティングって、サッカーの？」

「そう」

「何でよ」

「わたしはリフティングをしながら漫才するから。ツッコむときにボールを隆昇に蹴り当てるの。自分でツッコむ代わりにボールにツッコませる。間とか難しいから、漫才だけじゃなく、サッカーの技術も必要」

「そういうスタイルでやるってこと？」

「ずっとそれでやるわけではないよ。そういうネタもあるっていうだけ」

「衣麻は、プロを目指すの？」

「わかんない。というか、わかんなかったんだけど。やるならプロを目指せって、お父さんに言われた」

「ほんとに？」

「うん。店のことは考えなくていいからって。で、今は本気でやるつもりになりかけてる。というか、なってる」

「じゃあ、店は、うまくいかないよ。うまくいかなかったときの保険？」

「そういうことじゃないよ。うまくいったとしてもやる。お笑いをやりながらでも、やる。『とべ』はいいお店だから残したい。残すなら自分がやりたい。関わりたい」

ややたじろぎながら、言う。

「まあ、確かに、実家がなくなるのはいやだしな」

「お兄ちゃんが中年になって会社をリストラされたら、そのときは雇ってあげるよ」

「何だよ、それ」

「若いうちにリストラされたら、まずはお兄ちゃんが継いでもいいし。で、わたしが雇われてあげる」

「それも何だよ。何でおれはリストラされる前提なんだよ」

「されないでよ、リストラ」

「お前さ、それ、兄に言うことじゃないだろ」

「そんなことないでしょ。妹だから言えんの。お兄ちゃんも帰れる場所があれば安心じゃない。就活にも強気で臨めるじゃない」

「帰れる場所って、『とべ』？」

「そう。さっきね、乾さんが、店を出る前に言ってた。兄貴と衣麻ちゃんは帰れる場所があるから安心だなって。言われてみて、確かにって思ったよ」

『とべ』。母の死から始まった場所。父と僕と衣麻がいることで、母自身もいる場所。

「衣麻」

「ん？」

「とりあえず、がんばれよ」

「は？　何、上から言ってんの？」

「いや、兄なんだから上だろ」

「お兄ちゃんこそがんばってよね。就職できなくていきなりここでバイトとか、そういうのはやめてよね。お兄ちゃんじゃ、沢井さんとちがって役に立たないから」

こらこら、妹。と思いつつ、反論はできない。沢井さんより僕のほうが役に立つ、とは言えない。沢井さんには勝てない。店のことに限らず。たぶん、ほとんどのことで。

店は継がなくていいからな。

先々月、父がそう言った。僕は、調理の音にかき消されてその言葉が聞こえなかったふりをした。本当は聞こえていたのだ。

父がそんなことを言ったのはそれが初めてだった。しかもいきなりだったので、えっ？　と思ってしまった、とまどってしまった。だから反射的に聞こえないふりをした。

また言ってくるだろうと思ったが、父は言ってこなかった。その日だけでなく、そのあとも。いまだに言ってきてはいない。言うのはやめたのだろう。

代わりに、衣麻が言ってきた。もちろん、父に頼まれたわけでも何でもなく。自身の判断で。

翌日。

生命保険会社からメールが来た。その前に受けた証券会社からも、ほぼ同時にメールが来た。証券会社のほうは四日後だからそう早くもないが、生命保険会社のほうは早いなと感心した。

そのどちらでもやはり、僕は祈られていた。今後のご活躍を。

千駄木駅の改札を出て階段を上り、外にも出たところでLINEのメッセージが来る。

スマホを見て、うぉっ！　と思う。

何と、滝杏珠からだ。

〈戸部くん、久しぶり〉

〈久しぶり〉とすぐに返す。

〈元気？〉

〈でもないけど、元気〉

〈懐かしい。高校のときもそんなこと言ってたね〉

〈言ってた？〉

〈言ってた。最近、星、見てる？〉

〈正直、見てない〉

〈おとめ座は見えるのに〉

〈そうか。この時季だ。てんびん座は？〉

〈これからかな。よく覚えてたね。わたしがてんびん座を好きなこと〉

〈それは覚えてるよ〉

〈まあ、わたしもおとめ座を見て、戸部くんのことを思いだしたんだけど。だから連絡しちゃった。今、就活中？〉

〈真っ最中。滝さんは？〉

〈終わった。外資の会社だから、結構早くに終わってた〉
〈早くって？〉
〈三月には内定をもらってたかな〉
〈三月！　うらやましい。おめでとう〉
〈ありがとう〉
〈どこ？〉
杏珠が書いてきたその内定先は、外資のＩＴ。有名な会社だ。
〈あらためて、おめでとう〉
〈あらためて、ありがとう〉
〈滝さんはすごいね〉
〈すごくないよ。一社は落ちてるし〉
どこかを尋ねたら。同じく外資のＩＴ。同じく有名な会社だ。
〈やっぱりすごい〉
〈だから落ちてるんだって〉
〈そこを受けてるだけですごいよ〉
〈受けるのは誰でもできるよ〉
〈いいとこまでは行ったんでしょ？　最終の前ぐらいまでは〉

〈行った〉
〈ほら〉
〈ほらって。で、戸部くんは？〉
〈全然。行けても二次まで。しかも、四次が最終での二次〉
〈数学科は、厳しいの？〉
〈関係ないと思う。たぶん、僕だから〉
〈でもまだ五月。じき決まるよ〉
〈だといいけど〉
　歩道に立ち止まっているのも何なので、裏の公園のほうに行く。文京区立須藤公園だ。
　入るつもりはない。わきのアトリエ坂で立ち止まる。
　卒研のことなども話し、最後はこう。
〈ごめんね。わたしだけ浮かれた感じになっちゃって〉
〈いいよ。励みになった〉
〈戸部くんも、決まったら教えて〉
〈うん。でも夏とかになったりして〉
〈だいじょうぶ。そうはならないよ〉

〈ならないでほしいよ。じゃあ、ほんと、おめでとう〉

〈ほんと、ありがとう〉

〈それじゃあ〉

〈じゃあ〉

　やりとりを終え、スマホをパンツのポケットに入れる。

「いいなぁ」と思いが口から出てしまう。

だが沈んだりはしない。杏珠が連絡をくれてうれしい。

振り向くと、すぐそこに人がいたので驚く。駅のほうから歩いてきていたのだ。

それが、何と、金本さん。『とべ』の常連客、金本千砂さんだ。衣麻曰《いわ》く、父のことが好きな。

「あ、どうも」と自分から言う。

　金本さんも少し驚いた顔をして、言う。

「何だ、雄大くん」

「こんにちは。いや、もうこんばんはか」

「こんばんは。スーツを着てるから気づかなかった。店で会わないと、わからないね」

「そう、かもしれないですね」

「何、就活？」

「はい。その帰りです」

「わたしも仕事帰りだけど。結構遅いのね」

「大学に寄ってきたので」

「あぁ、そういうこと。面接だったの？」

「はい」

「どうだった？」

「いやぁ。ダメかと」

「何業界をまわってるの？」

「いろいろです。業界は特に決めてなくて」

「それって、逆に大変じゃない？　志望動機とかを毎回変えなきゃいけないから」

「そうですね。やってみてそう思いました。ちょっと後悔してます」

金本さんは電話会社に勤めているらしい。このアトリエ坂を上った先にあるマンションに住んでいる。僕も衣麻も、そのマンションの前を歩いて中学校に通っていた。

「雄大くん、時間ある？」

「はい」

「そこで、ちょっと休まない？」

そこ。須藤公園だ。

　意外。だが断る理由はないし、別にいやでもない。というそれもまた意外。だって、そうだ。金本さんは四十代半ばの女性。普通ならためらってしまうだろう。だが本当にいやではない。前から知っているから。

　というわけで、公園に入り、ベンチに並んで座る。父がいつもストレッチをしている辺りにあるベンチだ。

「いい季節だね」と金本さんが言い、

「昼はもう暑いですしね」と僕が言う。

「うん。五月の紫外線はヤバいのよ。真夏と同じぐらいの量と強さがあるんだって」

「そうなんですね」

「今の雄大くんみたいな二十代前半のころは、歳をとったら気にならなくなるだろうと思ってたの。そんなことないわね。歳をとったらとったで、余計気になっちゃう。だからクリームを塗ったり何だりで、悪あがき。雄大くんも、大学のお友だちに言ってあげて。今のうちからお肌のケアは万全にねって」

「女子はそんなにいないです。理系なので」

「あぁ、そうか」

「数学科だから、ほかよりは多いですけど」

「じゃあ、その子たちに」

「いきなり僕がそんなことを言いだしたら、不審に思われそうな気が。研究室の人たちも、別に友だちというわけではないので」

「じゃあ、それきっかけで友だちになっちゃいなさいよ」

「いや、もう四年生ですし」

「友だちは一人でも多くつくっておくほうがいいわよ。わたしぐらいの歳になると、いやでも減るから」

「そういうものですか」

「そういうものね。みんな結婚しちゃうし。結婚した子とは、やっぱり付き合いも減る。で、わたしは一人で『とべ』に飲みに行く」

そんなことを言って、金本さんは笑う。

笑っていいのかな、と思いつつ、僕も笑う。

店で話したことは何度かある。だがこんなふうに外で話すのは初めてだ。二人で話すのも初めて。店で話すときは、いつもそばに父なり衣麻なりがいた。

「戸部さんがプロレスをやめたのは、雄大くんがいくつのときなんだっけ」

「十一歳、ですね」

「小六？」

「はい」

その質問にはいつもすぐ答えられる。父の引退と母の死はセットになっているから。

「じゃあ、当然はっきり覚えてるよね？　プロレスをしてたお父さん」

「そうですね。衣麻は、微妙かもしれませんけど」

「小三か」

「はい」

「でも覚えてるでしょ」

「やってたことは覚えてると思います。ただ、はっきりとではないかもしれません。テレビでたまに深夜に放送するくらいだったし、観に行ったこともそんなにはなかったので」

「そうなんだ？」

「ウチはそうでした」

母がそんなには僕らを連れていかなかった。そんなには連れてこなくていいと、父が言っていたらしい。

「行くときは、どこに行くの？　後楽園ホールとか？」

「ですね。そこが一番多かったです」

「近いもんね。観やすいし。わたしもよく行ったよ。聖地後楽園ホール」

「格闘技はだいたい何でもやりますもんね」

「そう。あとは『笑点』もやってる」

「え？　日曜夕方の、ですか？」

「うん。あの収録も確か後楽園ホールでやってるはず。昔からずっとそうなんじゃないかな」

「へぇ」

金本さんが目の前の池を見る。それから公園全体を見まわして、言う。

「戸部さんがプロレスをやめたとき、わたしは三十三歳。すごく残念だった。正直、がっかりしたと言ってもいいかな。戸部さんはどう見てもまだやれてたし、人生のいろんなものを引きずってでもやるのがプロレスでしょうよ、とわたしも思ってたから」

「金本さんは、父が店を始めてすぐに来てくれたんですか？」

「すぐにではないかな。二年ぐらいは経ってた。それまでは、ほら、お店を始めたことを知らなかったから」

「知りようが、ないですもんね」

「でもSNSなんかで広まって。知ったからには行きたくなって。初めて来たときは、拍子抜けしちゃったわよ。もっと、こう、戸部栄純の店、という感じだと思ってたから。それこそ、プロレスファンの聖地、みたいな」

「普通〜の居酒屋ですもんね。名前が『とべ』っていうだけで」

「漢字でもないしね」

「はい」

「でも普通の居酒屋として、いいお店だった。だから通っちゃった。そのあと、前のところに異動になったの。どこに住もうかと思って、ここにした。『とべ』があるから」

「ほんとですか？」

「ほんと。そのころはもう週イチで通うようになってたし」

そこであることに気づいた。訊いてみる。

「前のところって、言いました？」

「うん」

「今は、ちがうんですか？」

「ちがう。先月また異動になったの。東京から出ちゃった。今度は西川口の支店」

「あ、そうだったんですね」

「そう。引っ越そうかと思ったけど、引っ越さなかった。ほら、引っ越したら『とべ』に行けなくなっちゃうから。わざわざ行けばいいんだけど、『とべ』には、何か、気軽に行きたかったのね。コンビニに行くような感じで」

そう言って、金本さんは笑う。

まあ、西川口ならここからもそう遠くはない。かかっても四十分ぐらいのはず。とはいえ、引っ越したほうがいいような気もする。そのほうが家賃も安くなるだろうし。なのに引っ越さないということは。

衣麻が言っていたあれをまた思いだす。

千砂さんはお父さんのことが好き。

「わたしが初めて行ったころって、まだ雄大くんと衣麻ちゃんがお店で晩ご飯を食べてたのよね。雄大くんは中学生だったかな。居酒屋のカウンター席で並んで晩ご飯を食べる雄大くんと衣麻ちゃん。で、カウンターの内側から二人に話しかける戸部さん。あぁ、こういう晩ご飯もありなんだなって思った。戸部さんがプロレスをやめてでも守りたかったものはこれなんだなって」

僕が中学生のときはずっとそうしていた。高一の途中ぐらいから、店で食べるのが恥ずかしくなり、家で食べるようになった。ご飯をお盆に載せて二階に運んだのだ。やがて衣麻もそうするようになった。偉いことに、衣麻は食器を洗って店に戻した。父に言われたわけでもないのに。僕の分まで。

「前にね」と金本さんが言う。「戸部さんともここで話したことがあるの。二ヵ月ぐらい前かな。朝」

「あぁ。父のストレッチタイムですね」

「そうそう。してた。ストレッチ。それで、話したの。やっぱりこのベンチに座って。まさかまったく同じベンチで雄大くんとも話すことになるとは。って、わたしが誘ったんだけど」

「金本さんもよく来るんですか？　ここ」

「土曜はたまに。日曜はだいたい来るかな。ほら、休みの日は、外に出ないといつまでも部屋でダラダラしちゃうから。起きたらまず一度出ることにしてるの。すっぴんにマスクで。その意味ではマスクも便利。コロナは早く収まってほしいけど」

「ほんとですね」

「そのせいで『とべ』がつぶれたらどうしようかと思った。だから、開けてくれたらすぐに行っちゃった」

「ありがとうございます」

「こちらこそ、やってくれてありがとう、よ。わたしの場合、『とべ』があるから仕事をがんばれる、みたいなとこあるし。さあ、この仕事を片づけたら『とべ』で飲めるぞ、煮込みとしそ巻きを食べられるぞっていうね」

「それもありがたいです」

「お父さん、ああ見えて、すごく気遣いができる人だよね」

「そうですか？」

「そう。例えばわたしが煮込み一人分はいらないなと思ってると、それに気づいて、少なめに盛るよって言ってくれたり。で、あとでレシートを見ると、ちゃんと安くなってるの。安いどころか、半額とかになってる。常連客をとても大事にしてくれるのよね。もちろん、常連客だけじゃなくて、いちげんさんも大事にする。だからそのいちげんさんも常連客になる。みんなにお店ごと愛されてる」

お店ごと。いい表現だと思う。そしてそういうことに気づくのなら、この金本さん自身もすごく細やかな人なのだと思う。

そんなあれこれを考えると。確かに『とべ』はいい店で、千駄木はいい町だ。

自分の新しい母親になる金本さんを想像する。これまた前から知っているためか、違和感はない。僕もじき二十二歳。否定的な感情もない。もし父が本当に金本さんと再婚したら。僕は僕で、衣麻は衣麻で、うまくやっていくのだろう。案外すんなりお母さんと呼んだりするのかもしれない。そんなのはお安い御用ですよ、という具合に。

金本さんが新しい母親になっても、戸部美鶴が僕の母親でなくなるわけではない。戸部美鶴に金本千砂が上書きされるわけではない。例えば数をどんどん小さくしていくといつかはゼロになりそうなものだが、ならない。〇・一、〇・〇一、〇・〇〇一、〇・〇〇〇一。どこまでもいける。理論上は永遠にいける。母のことも同じだ。母は亡くなったが、ゼロになったわけではない。この先もならない。思う。

あの母が父の再婚に反対するだろうか。父が幸せになるのをいやがるだろうか。再婚してわたしを捨てる気？　なんて言うだろうか。

答はすぐに出る。

反対しない。いやがらない。言わない。

「雄大くん、ごめんね。就活で忙しいのに時間をとらせちゃって」

「いえ」

「でもお話ができてよかった。これからも『とべ』のお客として戸部さんのそばにいるのを許してね」

「許すも許さないもないですよ。よろしくお願いします」

「じゃ、乾杯な」と父が言い、

「乾杯」と僕が言って、

二人、ビールを飲む。

ジョッキではない。グラス。ジョッキもあるようだが、そちらにした。父が。

乾杯に意味はない。就職祝、というようなことではない。就職はまだ決まっていない。だから何の祝でもない。どちらかの誕生日でもない。ただ。父に言われたのだ。前にお世話になった店が開店三十周年だから、どうだ、飲みに行かないか？　と。お酒を飲ませる店なので、まだ未成年の衣麻はなし。僕と父の二人。といっても、父は衣麻も誘った。お酒を飲まなきゃいいだけだから衣麻も行くか？　と。

だが衣麻自身が言った。わたしは隆昇とネタ会議があるからいいよ。二人で行って。

葉山隆昇くん。衣麻がお笑いコンビを組んだ相手。ハヤマイマのハヤマ。来月からは、何と、『とべ』でアルバイトをするという。沢井さんの司法試験合格後を見据えた衣麻が声をかけたのだ。あんた、お金ないお金ない言ってんだからウチでバイトしなさいよ、と。

そんなわけで、今日はこうなった。父が行けるからには、日曜。『とべ』とちがい、この『とみくら』は日曜もやっているのだ。

日本橋でそれは珍しい。ここも前は日曜定休だった。が、日曜はやってる店が少ないからやってくれたらありがたい、とのお客さんの言葉を受けて、やることにしたのだ。

と、千駄木から乗った地下鉄のなかで、父からそう聞いた。

千代田線は日本橋を通らないので、大手町《おおてまち》で降り、そこからは歩いた。東西線に乗り換えれば行けるのだが、一駅だから歩こうと父が言った。

『とみくら』は、名前の印象どおり、和風の店。白っぽい木をつかった明るい内装で、『とべ』より高級感がある。メニューをチラッと見たが、実際、値段も高い。『とべ』の五割増し、という感じだ。さすが日本橋。

僕らが座っているのはカウンター席。そこも、『とべ』よりは席間が広い。体が大きい父が隣に座っても圧迫感がない。肩が触れ合いもしない。

開店三十周年。父は手みやげとして、千駄木にもある鶴巻《つるまき》洋菓子店で買ったクッキーとマドレーヌの詰め合わせを店主の岡野富蔵さんに渡した。富蔵さんは洋菓子が好きなのだそうだ。だとしても三十周年にそれでいいの？　と言ってみたが、別に花も贈ってあるのだと父は言った。

ビールを三口ほど飲む。それだけでも、アルコールはアルコール。飲んだあとに、ジワ〜ッと来る。

おとめ座の僕は、九月で二十二歳。二十歳になってからは一年と八ヵ月が過ぎた。父と二人でお酒を飲むのはこれが初めてだ。

僕がそんなには飲まないからでもある。友だちが多いほうではないので外で飲むことはあまりないし、家で飲むこともない。決して強くもないはずだ。それは母と同じ。体質に関しては、僕は母のそれを継いでいる。

お通しのほたるいかを食べ、ビールをさらに一口飲む。隣の父に訊いてみる。

「ここで修業をしたの？」

「ああ。二ヵ月だけどな。富蔵さんは厳しかったよ。プロレスの道場長より厳しかったかもな」

カウンターの内側で、その富蔵さんが言う。

「大げさだよ。優しかったろ」

「いやぁ。こわかったですよ」

「おれもこわかったよ」と富蔵さんは笑う。「キレた栄純にいつ手を出されるかと思って」

「教わる分際で手を出しませんよ」

「でもいるだけで威圧感があったからな、あのころは。まだ引退したばかりで、今よりデカかったし」

富蔵さんは、父よりひとまわり上の六十六歳。プロレスファンだったわけではない。父のほうが『とみくら』ファンだったのだ。

知り合いに連れてこられて店を気に入った。もつ煮込みがうまいので通うようになった。レスラー時代は丼《どんぶり》で出してもらったこともあるという。それで、母が亡くなり、自ら居酒屋を始めるとなったときに、教えを乞《こ》うたのだ。この煮込みをどうしても出したいからと。

まずはその煮込みをもらった。食べてみたそれは、確かにうまかった。味は『とべ』のと似ている。どちらもドロッとしているが、『とべ』のほうが少しマイルド。父がアレンジしたらしい。

「うまいね」と言う。

「だろ？　通いたくもなるよな」

「うん」

次いで、刺身も食べる。『とべ』より種類は豊富。金目鯛《きんめだい》にカンパチにキビナゴ。どれもうまい。キビナゴなんてどんな形の魚かも知らないが、それでもうまい。

「どうだ？」と父に訊かれる。

「うまいよ」

「いや、刺身じゃなくて」

「ん？」

「就職活動。就活、か」

「あぁ。どうってこともないよ。相変わらず苦戦中。苦戦することに慣れてきた」

「そうか。まあ、悪いことではないな」

「慣れるのは、ダメじゃない？」

「ダメじゃないだろ。苦戦に慣れたってことは、強くなってるってことだ。まあ、おれは就職活動なんてしたことないから、偉そうなことは言えないけどな」

「高校を卒業してすぐプロレス、だっけ」

「ああ。お母さんや雄大とちがって、大学に行けるような頭はなかったからな。だったら体をつかおうと思ったよ。幸い、そっちは丈夫だったしな」僕のグラスが空いたのを見て、父は言う。「次もグラスのビールでいいか？」

「うん」

ともにお代わりをもらい、飲む。せっかくなので、父に訊いてみる。

「お母さんとは、プロレスをやる前から知り合いだったわけじゃないよね？」

「ないな」

「じゃあ、どうやって知り合ったの？」

前から不思議に思っていたのだ。どうすれば、プロレスラーの父と、プロレスファンではなかった会社員の母が知り合うのか。

「飲み会だな」と父はあっさり言う。

「それは、えーと、合コンみたいなこと？」

「合コンではないな。そんな感じではなかったよ。ほら、三月にウチに来た古内さん、覚えてるだろ？」

「お線香を上げてくれた人」

「そう。あの古内さんがプロレス好きだったんだ。知り合いを通して、飲みに誘われた。その席におれは新人を連れてって、古内さんがお母さんを連れてきた」

「あぁ。そういうこと」

「それは合コンか？」

「ちがう、のかな。よくわかんないよ。行ったことないから。で？」

「で、お父さんがお母さんを気に入った」

「いきなり？」

「そうだな。いきなりだ。初めて会った日にもう、あぁ、この人はいいなと思ってた。一緒になりたいな、くらい思ってたよ。古内さんにただ連れてこられただけで、お母さんはプロレスのことをほとんど何も知らなかったんだけどな」

「古内さんは、会社の先輩なんだよね？」

「ああ。お母さんの二つ上。仲がよくていいなと思ったよ。古内さん自身が、先輩先輩してなくてまたいい感じだった。プロレスだと先輩は絶対だからな、試合以外のところでは」

そうだろう。何もプロレスに限らない。それはどこでも同じ。大学の研究室にもやはり先輩先輩した人はいる。

「いろんな話を聞いて、いい会社なんだろうなとも思ったよ。お父さんはそういうのを知らないから、ちょっとうらやましくなった。まあ、お母さんはそこをやめることになっちゃったけどな。お父さんと結婚したから」

「やめないことは考えなかったんだ？」

「考えなかったな、お父さんは。お母さんは、もしかしたら考えてたのかもな。仕事を続けたかったんじゃないかって、あとになって思ったよ」

「そうは言わなかったの？　自分で」

「言わなかった。お父さんに気をつかってくれたんだろうよ」父はビールをゴクリと飲んで、言う。「十年。経っちゃったな」

「うん」

「早いもんだ。昨日のことみたいな気がするよ」

「僕は、結構前のような気がするよ」

「若いからだな。おっさんになると、時間が経つのは速いんだ。ほんとにな、うそみたいに速くなる」

「それは、よく聞くよ。研究室の教授も言ってた」

「そうか。頭のいい先生でも、やっぱりそうなんだな」

「関係ないでしょ、頭のよさは」

「雄大も、その先生ぐらい頭がよくなれよ」

「なれないよ」

「まあ、今でも充分いいか。頭のいい息子、をまさか自分が持てるとは思わなかった。雄大が、お母さんを継いでくれたんだな」

「え？」

「お母さんのいいところを、雄大がちゃんと継いでくれた。お父さんの血だけじゃ、雄大みたいに頭のいい子が生まれるわけないからな。とんびは鷹《たか》を生まないよ。鷹が生まれたのは、お母さんがいてくれたからだ」

「僕は鷹じゃないよ」

「そうだな。鳥ってことはない。人だ」

「いや、そういう意味じゃなくて。そんなに優秀じゃないよ」

「優秀だろ。お父さんから見れば、立派な鷹だ」

「ウチの一番の鷹は、どう考えたってお父さんじゃん。戸部栄純じゃん」

「おれは鷹じゃないよ。いろんなことがうまくまわってくれただけ。言ってみれば、とんびが鷹の着ぐるみを着てただけだ。勉強なんかはもう、まったくできなかったからな。特にお母さんと雄大が得意な数学はダメだった。分数を習ったかなりあとでも、二分の一足す二分の一は四分の二だと思ってたからな」

「それは数学じゃなくて、算数だよ」

「そうか。小学生だと算数なんだな。とにかくそのころからダメだった。今も、勘定は衣麻と沢井くんと歌恵さんにまかせてるからな。帳簿をつけるのは、ほんと、苦手だし」

「でも体育の成績はよかったでしょ？」

「これがそうでもないんだよ」

「そうなの？」

「ああ。小学校低学年のころは普通だった。高学年で一気に背が伸びてからかな、よくなったのは。で、そこにしがみついたよ。その、運動が得意ってのに」

「僕も、算数は得意じゃなかったよ。運動はもうはっきり苦手だったけど、算数も得意ではなかった」

説明した。母が亡くなる前、五年生のころからよく勉強を見てもらっていたことを。母の教え方は学校の先生よりもずっとうまかったことを。そして、そういうことを無駄にしたくなかったから母と同じ数学科に進んだことを。

「そうか」と父は言った。「得意じゃなかったのか」

「うん。お母さんが丁寧に教えてくれたから、苦手にもならなかっただけ」

「お父さんはそういうことを何も知らないんだな」

「家にいないことが多かったからね」

「ああ。まあ、知ってたところで、何もしてやれなかったか。まちがった分数を教えてやれるぐらいだな」

「それは、困るよ」

「そうだな」と父は笑う。「じゃあ、余計なことはしなかったことで役には立った、と考えるか」

「何それ」と僕も笑う。「結局さ、お母さんは家にいてくれたからそうできたんだよ。もしお母さんも会社に勤めてたりしたら、そうはできなかったんじゃないかな。たぶん、僕はそのまま数学が苦手になってたよ。数学科にも行ってなかった。大学に行ってたかどうかもわかんないよ。もしかしたら」

「何だ？」

「高校を出て、そのまま『とべ』で働いてたかも。で、沢井さんみたいに器用にはやれなくて、今ごろいやになってやめちゃってたかも」

「いや、わかんないぞ。実はそっちにこそ才能があって、今ごろ『とべ』を超高級店にしてたかもしれない。ミシュランの星とか、そんなのをもらう店な」

「千駄木で？」

「ああ」

「コロナのこの状況で？」

「ああ」

「ああ、じゃないでしょ」と笑う。

父も笑い、ちょっとトイレな、と席を立つ。そして通路をゆっくり歩き、店の奥へと向かう。

その後ろ姿を見る。やはり大きい。広めの通路が狭く見える。その体だけで、父が特別な人であることがわかる。選ばれた人であることがわかる。

前を見て、ビールを一口飲む。

酔ったからか、カウンターの内側にいる富蔵さんに自ら言う。

「出てくるもの、全部おいしいです」

「そう？」

「はい」

「ありがとう」

うそではない。お世辞でも何でもない。全部うまい。初めて食べたなめろうもうまいし、はもの天ぷらもうまい。

なめろうは、どう表現していいかわからない。基本は魚なのだが、叩かれることで味噌や薬味とうまく混ざってまた別の味になっている。これは食パンに挟んでもいけそうだ。

天ぷらは、サクサク。というのともまたちがい、ふわふわ感もある。衣が邪魔になっていない。まさに主役のはもを引き立たせるためにそこにいる。『とべ』も鶏の唐揚げはうまいが、天ぷらはこちらのほうが上。敵《かな》わない。

「店はどう？」と富蔵さんに言われる。「大変だったでしょ？　コロナで」

「はい」

「ウチもそうだったよ。かなり追いこまれた。最近ようやく、少し戻ってきたけど」

「同じだと思います」

「よくやったよな、栄純」

「はい？」

「よく店を持ったよ」

「あぁ。はい」

「修業をさせてくれと言ってきたときは、さすがに驚いたけどね」

「そう、ですよね。プロレスラーが、いきなり言ってくるんですもんね」

「でも本気なのは伝わったから引き受けた」

「ありがとうございます」

「おれの言うことをさ、一言も聞き洩《も》らすまいって感じで聞いてたよ。ちがうと言ったらすぐに直した。おれも本気だったから、きつい言い方もしたけどね、一度も言い返しはしなかった。謙虚な男だと思ったよ。ちょっと前まではスターだったのに。君のお父さんは、とんびの感覚もちゃんと持ってるいい鷹だよ。それは、スターだったこと以上に価値のあることだ。って、おれがこんなこと言ったのは内緒な」

「はい」

　父がトイレから戻ってくる。やはりゆっくり歩いてくる。

　前から見ても、やはり大きい。大きな人がゆっくり歩いていると偉そうに見えることもあるが、父にそれはない。偉そうに見えない元スター。今はもうただの居酒屋の親父でしかない元スター。悪くない。

　父が隣のイスに座る。さっそくビールを飲む。

「十年経ったからってことではないけどさ」と僕は言う。

「ん？」

「再婚とかそういうのを考えてみても、いいんじゃない？」

「何だよ、いきなり」

「お母さんも、反対しないんじゃないかな。衣麻はしないだろうし、僕もしないよ」

「おいおい、どうした？」

「どうもしないけど。もし僕と衣麻に気兼ねしてそういうことをしないんならそれはちょっといやだなと思って」

「別にそんなことはないよ。二人に気兼ねなんてしてない」

「ならいいけど」

　そして僕はあることを思いつく。言う。

「お母さんが撮ったお父さんの写真があるじゃない」

「写真？」

「あの、お父さんがバタフライ・プレスをしてるとこを撮ったやつ」

「あぁ」

「あれ、引き伸ばして飾ろうよ。店にじゃなくていいから、居間にでも。ポスターみたいにして、仏壇のわきの壁に貼ろう。お父さんがお母さんに向かって飛んでるみたいにしよう」


「戸部さんはどうして当社の試験を受けようと思われたのですか？」と訊かれ、

「母がいたからです」と答える。

「え？」

「実は、母が御社にお世話になっていたことがありまして」

「そうなんですか？」

「はい。二十年以上前ではありますけれども。二十三年とか四年とか、そのぐらい前かと」

「そのころに当社の社員だった、ということですか？」

「そうです。大学を出て四、五年はお世話になったかと思います」

「あぁ、そうでしたか。それはそれは」そして面接担当者は言う。「でも。それが志望動機ということですか？」

「はい。もちろんそれだけではありませんが、それもとても大きいです。身近なところでつかわせていただいている御社の商品には子どものころから親しみを持っています。そのうえ母がお世話になっていましたので、親しみは愛着に変わっています。だから、ぜひ受けさせていただこうと思いました」

　ここは母がかつて勤めていた会社。様々な種類のテープ材をつくる会社だ。ヘルスケア用品から文具・事務用品まで。製品の幅は広い。

　決して避けていたわけではない。ほかの無数の会社同様、選択肢に入ってこなかっただけ。受ける会社を探していて、名前が目に入ったこともある。その際は流していた。単純に、ここは母がいた会社だからな、と。

　だがよく考えたら。理由になっていない。母がいた会社だから何なのだ。母と同じ数学科に進んだ自分がそこを避ける意味はない。

そう思ってからは、逆に気になった。母の先輩、母を父との飲み会に誘ったあの古内さんがまだそこで働いているならもっと話してみたい。同じ会社で働いてみたい。そう思うようにさえなった。だから父にフルネームを訊きもした。

古内君緒さん、だという。結婚して現姓は新町さんだが、仕事では旧姓をつかっているので、古内さん。今は大阪勤務だが、何と、近々東京に戻る可能性があるらしい。本人がそんな希望を出しているのだ。

ウチに来たあのとき。居間の仏壇の前で、古内さんは、目を閉じて、長いこと手を合わせてくれた。

僕はそれを横から見ていた。

生きていれば母もこんな歳格好なのだな、と思った。僕のなかにいる母は、ひとまわり若いのだ。この十年、母は歳をとらなかった。この先もとらない。いつか僕が追いつき、追い越してしまう日も来る。

「お母様は、ご結婚後退社されたということですか？」

「はい」隠してもしかたがないので、言う。「それで、十年前に亡くなりました」

「あぁ。そう、でしたか」

母の後追いだと言われても否定はしない。それでいい。行きたい会社が初めて見つかったのだから、その気持ちを優先すればいい。

　ほかにもいくつか質問が続き、今日もこれが来る。

「尊敬する人は誰ですか？」

　家族にして著名人。答として理想的なこの人の名前を、僕は自ら出す。

「父です。元プロレスラーの戸部栄純です。引退して、今は居酒屋をやっています」

「あぁ。戸部栄純さん」と面接担当者は言う。

「はい。プロレスラーだった父と、母が亡くなったあとにわたしと妹を育てるためにプロレスをやめて自宅で居酒屋を始めた父。わたしはどちらも尊敬しています。そこまでわたしたち兄妹を育てた母への感謝があったからこそ、父はそんな決断ができたのだと思います。母が御社に勤めていたので、父は母と出会えたそうです。母は本当は結婚後も御社で働きたかったのではないかとも、父は言っていました。母がそんなふうに思った会社で働いてみたいと、わたしも思っています。尊敬する人と志望動機が結びついてしまいましたが。これが今の偽らざる気持ちです。ここまでわたしはいくつも入社試験を受けてきました。うそはつけないので、はっきり第一志望だと申し上げたことは一度もありません。ですが今日は申し上げます。御社が第一志望です。わたしは御社に入りたいです。こちらで働きたいです。どうかよろしくお願いいたします」

言いながら、僕は考えている。このあと杏珠に電話をかけてみようと。

メッセージではなく、通話。

まずはちゃんと自分の声でおめでとうを伝えよう。それから就活のアドバイスをしてもらおう。高校時代は話せなかったいろいろなことも話してみよう。可能なら、四年越し三度めのサンシャインシティも狙ってみよう。

で、実際に面接を終えて会社を出ると。

思う。

もしここから内定をもらえたら。杏珠のことはとても好きだったのだと伝えよう。別れて四年が過ぎた今もかなり後悔しているのだと正直に伝えよう。僕はただただ自信がなかったのだと。いい大学に行った杏珠と対等に付き合えるその自信がなかったのだと。

で、そう思ったところで、さらにこう思う。

内定を、待たなくてもいいか。もらえなかったとしても、いいでしょ。今カレシがいるのかとか、そんな確認もしなくていい。自分の気持ちを伝えるぐらいは、してもいい。

すぐに電話をかけ、僕は一気に言う。

「もしもし。滝さん？　こないだＬＩＮＥをもらって、久しぶりにおとめ座を見たよ。

さすが一等星。明るいからスピカはすぐにわかった。それで昨日はてんびん座も見たよ。明るい星がないからわかりづらかったけど、でもわかった。遅い時間なら、もう見えるね」

六月　早田美鶴《はやたみつる》

水曜は絶対残業なしね、と先輩の古内君緒さんに言われていた。

もちろん、わたしもそのつもりで動いていた。でも突発的に何かが起きて、やらざるを得なくなるのが残業だ。

だから何かが起きないよう、もう午後五時あたりからはゆらゆらしててね、とも古内さんに言われていた。

ゆらゆら、というのにちょっと笑った。わからないようで、わかる。別にサボれということではない。何か新しい仕事に手をつけないでね、仕事相手からの返事を待つような状況を自らつくらないでね、ということだ。

実行した。結果、どうにか残業をしなくてすんだ。上司となるべく目を合わせないようにし、おつかれさまでした、のあいさつも小声の早口にして、午後六時にサササッと会社を出た。

そうしたら、逆に早すぎた。

会社の外、裏の細道の角で合流した古内さんと話し合い、水道橋《すいどうばし》まで歩くことにした。三十分以上かかるが、飲む前のいい運動ということで合意。六月半ばだからもうとっくに梅雨だが、雨は降っていないのでそうできた。

お店はその水道橋にある居酒屋。個室があるところだ。古内さんが予約してくれた。

これまで、水道橋で飲んだことはない。東京ドームがあるので、何となく敬遠していた。どうしても、野球観戦やイベント観覧の人たちで混みそうな気がしてしまうのだ。

では何故今日はそこなのか。

お相手が指定したからだ。いや、指定したというほどではない。場所はどこがいいですか？　と古内さんが尋ねたら、こう言ったらしい。うーん。水道橋とか。後楽園ホールがあるからよく知ってるし。

そのお相手は、何と、プロレスラー。戸部栄純さん、だ。

戸部さんと飲めることになった、ということで、古内さんがわたしを誘ってくれた。古内さんはプロレスファンなのだ。女子プロレスではなく、男子プロレスのファン。

わたしはちがう。ファンではない。ただ、大学生のときに一度、研究室の人たちとプロレスを観に行ったことがある。その話を、古内さんにしていた。それで古内さんがわたしを誘ってくれたのだ。早田ちゃん、行こうよ、と。

わたしは一度観たことがあるだけで、プロレスのことなんて何も知りませんよ。いいんですか？　と言ったのだが。古内さんはこう言った。いいのいいの。女子はそれが普通だし。プロレスの話はわたしがするから。早田ちゃんはただ飲んで楽しんでくれればいいよ。女子が二人いてその二人がどっちもプロレスに詳しかったら、それはそれで気持ち悪いじゃない。

気持ち悪くはないような気がしたが、古内さんがそう言うならそれでいい。単純に、わたしは古内さんと飲むのが好きなのだ。この人はいつも楽しいお酒にしてくれるから。

先輩後輩でのそれ。特に女子でのそれ。実は結構難しい。なかにはいろいろ気をつかわなければいけない先輩もいるのだ。

目白《めじろ》通り、外堀《そとぼり》通り、と歩いて、わたしたちは午後六時五十分に水道橋のお店に着き、個室に案内された。

その後すぐに戸部さんもやってきた。もう一人若いプロレスラーを連れてだ。

個室がある居酒屋は最近増えた。隠れ家、を売りにしているようなお店だ。誰が何から隠れるのか、と思っていた。戸部さんのような人が特に誰からということもなく隠れるのだ、とわかった。何故？　大きくて目立ってしまうから。

古内さんが押さえていたのは六人用の個室。それでちょうどよかった。四人用ならきつかったな、とお二人を一目見て思った。こっちにしてもらってよかった、と古内さんも言った。

男性と女性とに分かれて座った。戸部さんと古内さんが向かい合い、若い男性とわたしが向かい合う形だ。

実際にそうしてから、古内さんが言う。

「戸部さんとわたし、替わります？」

「いや、いいよ」と戸部さん。「それだとお二人が窮屈になっちゃうから。おれらは狭いのに慣れてるし」

すぐに店員さんが来てくれたので、飲みものを頼む。

「お酒は飲み放題なのでだいじょうぶです」と古内さん。

「おぉ。それはありがたい」と返し、戸部さんは隣の男性に言う。「だからって、お前、アホみたいに飲むなよ」

「はい」

男性二人はとりあえずビール。といっても、大ジョッキ。同じで、と言うわけにもいかず、古内さんはレモンサワー、わたしはピーチサワーにした。

すぐに届けられたそれらで乾杯し、料理も頼む。

「適当に頼んじゃうから、そちらはそちらで食べたいものを頼んで」と戸部さん。「もちろん、おれらが頼んだものも食べてくれていいし」

刺身、串焼き、ソーセージ。戸部さんは、盛り合わせがあるものはすべて盛り合わせを頼んだ。しかも、それらを二つずつ。ほかにも、まぐろほほ肉のステーキ、牛タン塩焼き、ポテトフライ。最初の注文でそれだけいった。

古内さんとわたしが頼んだのは、トマトベーコン巻き、出汁巻き玉子、サーモンとアボカドのカルパッチョ。

「気づかずにおれらが食べちゃったらごめんね。そのときはまた頼んで。先に言っちゃうと。ちゃんとおれらが払うから」

「いえ、それは」と古内さん。「誘ったのはわたしですし」

「いや、ほんと、だいじょうぶ。これで割り勘てわけにいかないよ。で、えーと、古内さんと、何さん？」

ということで、やっと自己紹介をした。

「初めまして。早田美鶴です。古内さんと同じ会社。二年後輩です。あの、わたし、プロレスは一度しか観たことがないので、ほとんど何も知りません。もしおかしなことを言ってしまったらすみません」

「観たっていうのは、テレビで？」と戸部さん。

「いえ、会場でです。すぐそこのホールで」

「後楽園？」

「はい」

「おぉ。すごいよ。充分。女性なら、生で観たことがない人のほうがずっと多いでしょ。どこのプロレス団体だったか覚えてる？」

「戸部さんのところだと思います。たぶん、戸部さん、出られてました。飛んでたのを覚えてます。すいません、たぶんで」

「そのとき腕をまわしてなかった？」と古内さんに訊かれ、

「あ、まわしてたかも」と答える。

「じゃ、おれだ」と戸部さん。

バタフライ・プレス。それが戸部さんの得意技なのだと古内さんが教えてくれた。飛びながら両腕を前にまわすその動きが水泳のバタフライに似ているのでその名前になったのだそうだ。

「戸部さんは高いですよね」と古内さんがさらに言う。「普通、あんなに飛べないですよ。高いだけじゃなくて、飛距離もすごいです」

「そんなでもないよ」戸部さんは続ける。「で、こいつはおれの付き人ね。ムロガタイト」

室賀太斗さん、だそうだ。

「もうデビューなさってます？」と古内さんが尋ね、

「うん。こないだした」と戸部さんが答える。

「勝ったんですか？」

「どうだった？」

「負けました」と室賀さん。

「まあ、デビュー戦はだいたい負けるからね。おれも負けたし」と戸部さん。

「そうなんですか」と古内さん。

「うん。その時点では一番弱いわけだから。こてんぱんにやられた。でもね、こいつはいいよ。すぐ勝つようになる。空手をやってたからさ、蹴りが効くのよ。腰のひねりがいいんだな。ケツの筋肉も発達してるし」戸部さんはすぐに続ける。「あ、ごめん。ケツはなし。お尻。お尻の筋肉。おれも蹴られたことがあるけど、ちょっとヤバいよね。楽しみだよ、将来」

「うぃっす」

「うぃっすじゃなくて。そこはありがとうございますだろ」と戸部さんが笑う。

古内さんとわたしも笑う。

室賀さん自身も笑っている。

「こいつ、二十歳になってやっと大っぴらに飲めるようになったから、連れてきちゃったよ」

大っぴらに。大っぴらにでなければ飲んでいた、ということだろう。わからないではない。プロレスラーに限らない。それは普通の大学生でも同じ。アルコールそのものが嫌いでもない限り、飲まない人はいない。サークルの新歓コンパで新入生が飲まない。そんなことはまずないだろう。

その後も、飲んで、食べて、話した。

戸部さんはわたしより三歳上の三十歳であることがわかった。二ヵ月前にそうなったという。

その戸部さんと室賀さんは、ずーっとビール。ずーっと大ジョッキ。次から次へ頼むので、すぐに何杯飲んだのかわからなくなった。まさに水を飲んでいる感じだ。食べるほうもまたすごい。お皿はあっという間に空いた。串ものは一口。横からガブッと食らいつき、スルッと串を抜いた。盛り合わせをあと二つ、とか、頼み方もそんなふうになった。

古内さんもわたしも、そこからあれこれつまませてもらった。

そのなかでお気に入りのものを見つけたので、わたしは言った。

「このしそ巻きって、おいしいですね」

串焼きの盛り合わせに含まれていた一本だ。豚バラ肉でしそを巻いたもの。渦巻き状の見てくれもかわいい。しその香味がほっぺの内側を心地よく刺激する。

「ね。おれも思った」と戸部さんが言う。「うまいわ」

「子どものころ、お母さんが、家でつくる酢のものには必ず刻んだしその葉を入れたんですよ。きゅうりの酢のものでもわかめの酢のものでも大根の酢のものでも何でも。だからわたし、大学生ぐらいまではそれが当たり前というか、それが酢のものだと思ってて。定食の小鉢なんかの酢のものにそれが入ってないと、逆に、何で入れないの？　と思ってました。これじゃ酢のものではないじゃないって」

「確かにうまいもんな、しそが入ってると」と戸部さん。「酢との相性もいいし」

「でも実際、外食するようになると、そんなには巡り合えないんですよね。しそ」

「あぁ。そうかも」

「だから、お店で初めてしそ餃子を食べたときは感動しました。これおいしいなぁ、と思って。何で餃子が全部これにならないのかなぁ、とも思って。このしそ巻きは、それ以来ですよ。こういうの、あるんですね。ほんと、おいしいです」

「よし。じゃ、追加で頼もう。室賀、店員さん呼んで」

「すいませ〜ん」と室賀さんが呼び、

やってきた店員さんに戸部さんが注文する。

「しそ巻き十本ください」

「十本！」とわたしはつい言ってしまう。

「少ない？」

「多いですよ」

「だいじょうぶ。早田さんは好きなだけ食べて。古内さんも、室賀も。残りはおれが食うから」

「よろしいですか？　十本で」と店員さんに訊かれ、

「はい。お願いします」と戸部さんが答える。

まあ、そんな具合。戸部さんたちとわたしたちでは、すべての規格がちがった。同じ人類ではないみたいだった。

それから、戸部さんに会社のことを訊かれたので、様々なテープ材をつくっているのだとわたしが説明した。

古内さんは文系、商学部の出だが、わたしは理系、数学科の出。それだけで戸部さんは感心した。だから、数学科は理系のなかの文系とも言われるのだと補足した。わたし自身、化学や物理のことはよくわからないので、技術職ではなく営業職を希望したことも話した。結果、配属された営業課で古内さんと知り合い、楽しくやっているのだと。

「じゃあ、絆創膏もセロハンテープも、今度からは二人の会社のを買うよ」と戸部さんは言ってくれた。「室賀、買出しに行くときはそれな」

「うぃっす」

もちろん、プロレスの話も聞いた。古内さんがあれこれ質問し、戸部さんが答える。そんな形になった。

話を聞いてるだけで、わたしも充分楽しめた。

バタフライ・プレスに関しては、ついバカなことを訊いてしまう。

「あれって、本当に飛んでるんですよね？」

「いや、飛んでるでしょ。見えてるでしょ」と戸部さんは笑う。

「見えてますけど。何か信じられなくて。だって、今ここにいるこんなに大きい戸部さんが飛んでるわけですよね？」

「そうだね」

「あぶないじゃないですか。相手の人もあぶなくて、戸部さん自身もあぶないじゃないですか」

「うん。あぶない。相手はこわいと思うよ。おれが落ちてくるんだから。おれも、自分がやられるときはちょっとこわいし」

「自分が飛んでるときは、こわくないんですか？」

「それはこわくないかな。むしろ気分がいいよ。だって、普通はあんなとこから飛べないわけだから。なのに飛ばせてもらえてるわけだから」

その発想はすごい。飛ばされてる、のではなく、飛ばせてもらえてる。つまり、戸部さんは、飛びたいのだ。

わたしはさらに訊いてしまう。

「これは子どものころからずっと思ってたんですけど」

「うん。何？」

「プロレスラーさんて、痛くないんですか？」

「ん？」

「殴られたり蹴られたりして、痛くはないんですか？」

「痛いよ」

「あ、痛いんですか」

「そりゃ痛いよ」

「そんなには痛くないからやってるんだと思ってました。筋肉が鎧《よろい》になって、わたしたちがやられるときほどは痛くないんだろうって」

「確かに、早田さんがやられるよりはおれたちがやられたほうが、痛くはないんだろうな。でもやっぱり痛いよ。その痛みをなるべく減らせるよう、練習で体を強くするんだね」

「どのぐらい減らせるものですか？」

「それはわかんないな。まったく鍛えてない人がやられる場合とくらべようがないから。ただ。あ、これはちょっとヤバいっていうときは、結構あるよ」

「ケガは、しないんですか？」

「するよ。というか、してないときなんてないよね。常にどこかしら傷んでる。骨折まではいかなくても、捻挫ぐらいはいつもしてる感じだね。骨折でも、手の指なら折れたまま試合をすることもあるよ。箇所にもよるけど。だから、なかなか治らないんだよね。治っても、指が少し曲がったままになっちゃったりするし。で、また折れちゃう」

「うわぁ」と言って、肩をすくめる。聞くだけで痛い。「何でやるんですか？」

「おぉ。早田ちゃん。すごい質問」

古内さんにそう言われて気づく。

「あ、ごめんなさい。失礼なことを」

「いや、いいよ」と戸部さん。「室賀は？　何でやんの？」

「あぁ。考えたことなかったですけど。やっぱ、やりたいからなんですかね。ほかにやりたいこともないというか、やれることがないというか」

「おれもそうかな。そんな感じで若いうちに始めちゃう。で、始めたからにはやっちゃう。もちろん、好きは好きなんだけど。たまには、何でこんなことやってんのかなと思うこともあるよ」

「あるんですか」

「あるよ。おれも入門したてのころは道場から脱走したし」

「脱走！」と古内さんが言い、

「それは、追いかけられるんですか？」とわたしが言う。

「追いかけられはしないな。無理に連れ戻してやらせたところでダメだしね」

「じゃあ、自分で戻るんですか？」

「そうだね。そのままやめちゃうやつもいるし、戻るやつもいる。おれは戻ったな。室賀が言ったみたいに、ほかにやれることもないから。離れたら、またやりたくもなったし。やっぱり、好きってことなんだろうね。懐かしいよ。そのころはよくちゃんこをつくったな。ちゃんこ鍋」

「戸部さんのちゃんこはムチャクチャうまいですよ」と室賀さんが言う。「道場で一度つくってもらったことがあります。マジでムチャクチャうまいです。味付けが絶妙。店で出せますよ」

「じゃあ、引退したらお店をやってくださいよ」と古内さん。

「レスラーがちゃんこ屋をやるっていうのもなぁ」

「いいじゃないですか。斬新《ざんしん》ですよ」

「元力士がやってるちゃんこ屋ほどはうまくない、と思われそうだよ」

「まあ、確かに」

「だからおれは、やるならしそ巻きを出す店にするよ。このうまいしそ巻き、こういうのを置く居酒屋」

「あぁ、それはいいですね」とわたしは言う。「しそ巻き。そんなにはないから、人気が出るかも。わたし、絶対行きますよ」

「わたしも行きます」と古内さん。

「って、何か中学生みたいな話しちゃってんなぁ」と戸部さんが笑う。

「でも戸部さん」とこれも古内さん。「現役のうちは、じゃんじゃん飛んでくださいよ。バタフライ・プレス、何度も何度も見せてください」

「うん。まわせるうちは、腕も何度もまわすよ。最近、左腕はちょっときついんだけどね。でもまわす」

「そういえば、あの技はいつからやってるんですか？」

「デビューして三年経ったころからかな。そろそろ大技というか、派手な技もやろうと思って。別に練習なんかしてなかったんだよね。試合中、勢いでコーナーに上っちゃってさ」

「勢いで」

「そう。で、上ったはいいけど、ふと我に返って、どうしようかなと。ヤバいっていうんで、一気に緊張したよね。そこに立ったおれを、お客さん全員が見てるんだから。でもそれはそれで気分よくてさ。よし、やっちゃえ、飛んじゃえ、と」

「それで、飛んだんですか」

「うん。そしたら相手にかわされて、自爆。逆にボディ・プレスを食って、フォール負け。でも何か、飛んだときのあのふわっとした感じがよくてさ、それから何度もやるようになったよ。じき余裕も出て、腕もまわすようになった」

これは言っちゃいけないのかな、と思いつつ、戸部さんに言ってみる。

「プロレスって、よく、ロープにも飛んだりするじゃないですか」

「うん」

「悪い人でも、飛ばされたら、ちゃんと返ってきますよね」

「くるね」

「あれは、何でですか？」

「うわっ。早田ちゃん。またすごい質問」と古内さん。

でも戸部さんはすんなり答えてくれる。

「楽しいからだよ。そうしたほうが楽しいから」

「あぁ」

「ロープに飛んで、返ってくる。そうすると、そこで何か起きる。起こせる。そのほうが、楽しいよね。ロープって、あれ、なかにワイヤーが入ってるから硬くてさ。実は飛ぶと背中が結構痛いんだけど」

「プロレスラーの体を支えるんですもんね」

「そう。でも、まあ、弾力はあるから、飛びたくなっちゃうよね。考えたら、あのロープがあるおかげで試合にスピード感が出て、プロレスの人気も出たのかもしれないな」

二杯めに頼んだ梅サワーを飲んで、わたしは言う。

「楽しいから飛ぶって、何か、いいですね」

「おれもそう思うよ。プロレスは、戦いではあるけど、ケンカでも暴力でもないからね」

「ケンカなら誰も見ないですよね」と古内さんが言う。「戦ってる人たち同士が本当に憎み合ってのケンカなら」

「そうだね」

「見たくないですもん。そんなの」

相変わらずのペースでビールを飲みながら、戸部さんがわたしに言う。

「ルチャリブレって、知ってる？」

「いえ」

「メキシコのプロレス」と古内さんが教えてくれる。

「あ、もしかして覆面レスラーが多いあれですか？」

「それ。空中殺法も多い」とこれも古内さん。

「はいはい。わかります。飛んだりまわったりするんですよね？」

「そう。こっちの人が投げられるのかと思ったら、クルッとまわってそっちの人が投げられちゃう、みたいな」

「飛びながらチョップしたりもする」

「フライング・クロス・アタックね。早田ちゃん、知ってるじゃない」

「中学生のころ、お楽しみ会で男子たちがそれをやってました」

「それっていうのは？」と戸部さん。

「プロレスの試合、ですね。覆面をかぶった子がその技をやってたような」

「マスカラスだ。ミル・マスカラス」

「あぁ、確かそんな名前でした。相手役の名前は、はっきり覚えてますよ。インパクトがあったから。タイガー・ジェット・俊《しゅん》」

「おぉ。シンだ。タイガー・ジェット・シン」

「という人がいるんですか？」

「そう」

「だからその名前なんですね。頭にバンダナみたいなのを巻いて、刀を振りまわしてましたよ。刀といっても、新聞紙を巻いてつくった棒ですけど」

「ターバンにサーベルだ。まさにシン」

「そのマスカラスをそれでボコボコ殴ってました。マスカラスが、イテテ、とか言ってるのがおもしろかったです」

「マスカラスの覆面は、紙袋か何か？」

「いえ。布です。ちゃんと縫ってありましたよ。その子のお母さんが、Tシャツの生地か何かでつくったんじゃないですかね。だから顔にフィットしてました」

「で、どうなるの？」

「マスカラスはかなりやられます。血も出てましたよ」

「血？」

「はい。赤い絵具です」

「あぁ」

「でもそのフライングナントカで反撃して、最後は机から飛んで体を浴びせてました」

「ダイビング・ボディ・プレスだ」

「それでスリーカウントです」

「すごいね。いいショーだ。おれも観たかったよ」

　タイガー・ジェット・俊は、前俊介《まえしゅんすけ》くん。体格のいい子だった。主役のマスカラスのほうが小柄で華奢《きゃしゃ》。そういえば、あれは誰だったのか。まさに覆面に隠されて、思いだせない。

「ルチャリブレっていうのはスペイン語でさ、自由な戦いって意味なの」と戸部さん。「楽しめる戦いというか、楽しんでいい戦い。おれはそんなふうに理解してるよ。今言った覆面がもう、そうだよね。別にかぶる必要はないんだよ。でもかぶっちゃう。そのほうが楽しいから。プロレスはファンタジーだとか夢を与えるだとか、そんな大げさなことでもなくてさ。ただただ楽しませたいんだよ、レスラーは」

「あぁ。そういうことなんですね」とわたし。「だから、パイプイスで叩かれたりしても平気なんですね」

「平気ではないけどね。実際、痛いし。当たりどころが悪ければ血も出るし」

「わたしが観に行ったときも、出てました。どう見ても絵具ではない、血。そうか。あの血は、楽しい血なんですね」

「楽しい血！」と古内さんが笑う。

　戸部さんも室賀さんも笑う。

「こうやってお話をさせてもらって、ちょっと興味が出てきました」とわたしは言う。

「また観に行きますよ」

「おぉ。うれしい」と戸部さん。

「そこのホールなら会社からも近いですし」

「後楽園ね」

「はい。戸部さんの試合は終わりのほうでしょうから、仕事でちょっと遅れても間に合いそうだし」

「でもどうせなら第一試合から観てよ。室賀の試合もおもしろいから」

「あ、そうですね。そうします。室賀さんも応援します」

「ありがとうございます」と室賀さん。

「古内さんと早田さんは、明日も仕事でしょ？」と戸部さんが言い、

「はい」と古内さんが言う。

「じゃあ、そろそろ締めを頼もう」

ということで。戸部さんと室賀さんはそれぞれ焼きうどんと焼きそばを頼んだ。一人前ずつだ。お前、ほかは何かいいか？　と戸部さんに言われ、室賀さんはビーフステーキまで頼んだ。ここへ来てステーキ。すごい。

古内さんとわたしは、もうお腹いっぱい、ということで遠慮したのだが。あ、アイスがあるよ。それは食べれば？　と戸部さんに言われ、結局は頼んだ。

お互いに持ったばかりの携帯電話。番号を戸部さんと交換した。

室賀さんともするつもりでいたが、室賀さんは携帯電話を持っていなかった。まだそんなに給料をもらってないから持てないんですよ、と言っていた。すでにデビューはしていても、それ。甘い世界ではないらしい。

飲食代は、本当に戸部さんが払ってくれた。全額だ。わたしたちも払います、と言ったのだが、聞いてくれなかった。

戸部さんはそのうえ、わたしたちの帰りのタクシー代まで出そうとした。さすがにそれは受けとらなかったが。

お店を出ると、戸部さんは通りかかったタクシーを拾った。プロレスラーが二人。後部座席はそれだけでいっぱいになった。

そのタクシーを見送った。古内さんが手を振るので、わたしもそうした。

タクシーは交差点を曲がり、夜の東京に吸いこまれるように消えていった。

「戸部栄純。思ったより普通だったね」と古内さんが言った。

「普通、でした？」

「うん。いい意味で普通。もっとレスラーレスラーしてるのかと思った」

「レスラーレスラー」

「でも楽しかった」

「はい」

「しかもタダ」

「何か、悪かったですね」

「そうだね。わたしが誘ったのに。でもさすがにわたしたちが、というかわたしが全額払うのはきつかった。たぶん、全部で三万とかいってたよね」

「もっと、かもしれないですね」

「食費だけで大変そうだね。あの体を維持するためにはそれなりに食べなきゃいけないだろうし」

「でも、おいしそうに食べてましたね。戸部さんも、室賀さんも」

「うん。あれはちょっとかわいかった。室賀くんなんて、子どもみたいだったもんね」

「二十歳だから、大学で言えば二年生ですもんね」

「そうか。そうなんだね」

「今日はありがとうございました。誘ってもらってよかったです」

「わたしも早田ちゃんがいてくれてよかった。また行こうね、飲みに」

「ぜひ」

午後十一時。JR水道橋駅の前で古内さんと別れた。

古内さんはJRの総武《そうぶ》線だが、わたしは都営三田《みた》線。その水道橋駅までは、神田川《かんだがわ》を渡って少し歩く。

実際に歩きながら、考えた。

わたし自身、まさかだった、プロレスラーとの飲み会。とても楽しかった。それもまたまさかだった。古内さんも一緒だからいい。古内さんで楽しめればいい。と、そのくらいのつもりでいたのだ。

都営三田線に乗り、巣鴨で降りた。

駅を出てアパートに向かったところで、携帯電話の着信音が鳴る。

かけてきたのは、電車のなかで名前を登録したばかりの戸部さんだ。

出る。

「もしもし」

「もしもし。早田さん？」

「はい」

「ごめんね。いきなり」

「いえ」

「今、だいじょうぶ？」

「はい。ちょうど駅から出たところです」

「そうか。ならよかった」

「今日はごちそうさまでした」

「それはさっき言ってもらったからもういいよ」

「でも、もう一度」

「こっちこそ、ありがとうね。すごく楽しかった。でさ」

「はい」

「早田さん、おれと付き合ってくれないかな」

「えっ？」

「電話なんかで言うことになっちゃって申し訳ない。ほんとは、さっきあの場で言おうと思ったんだよね。電話番号を交換したときに。でも。古内さんと室賀の前で言われたら早田さんはいやだろうと思って」

「あぁ」

「何か、早田さんと話してたら、ほんとに楽しくてさ。もっと話したいと思った。それで、善は急げってことで、急いだ。っていうこれは、おれにとっての善ね。おれ自身にとってのいいこと。早田さんにとってのじゃなく」

「戸部さん、あの」

「ん？」

「すいません。わたし、カレシがいます」

「え、そうなの？」

「はい」

「何だ。残念」と、戸部さんはさほど残念でもなさそうに言う。

「ごめんなさい。隠してたつもりはないんですけど」

「いやいや。早田さんは隠してないよ。おれが訊かなかっただけ。考えたら、それも失礼だな。飲んでるときに訊いとけばよかった。ごめん。今のなし。忘れて。おれは、ほら、巡業に出たりで、そんなには人と会えなかったりするから、こういうことはすぐに言っておきたいんだよね。でも順番をまちがえた。ほんと、ごめん」

「いえ」

「気を悪くしないでね」

「それは、まったく」

「もう遅いから、気をつけて帰って」

「はい。ありがとうございます」

「おやすみ」

「おやすみなさい」

そして通話が切れる。ツー、ツー、という音が鳴る。

初めから終わりまで、たぶん、一分もかかっていない。そのあいだに、告白され、特に断ったつもりもないのに断った感じになり、おやすみを言い合った。早い。というか、速い。

でも気分は悪くない。現にわたしは、顔に笑みを浮かべてさえいる。

戸部栄純。思ったより普通だったね。

古内さんはそう言った。

これは、普通なのか。

だとすれば。とてもいい普通だと思う。

トヨタのスープラ。その運転席にいる北中晴道《きたなかはるみち》が、助手席にいるわたしに言う。

「こないださ、久しぶりに名取《なとり》に会ったよ」

「あぁ。名取くん」

名取和洋《かずひろ》くんだ。晴道の地元の友人。わたしも一度だけ会ったことがある。今みたいなドライブデートのときに、晴道が一緒に乗せてきたのだ。秋葉原《あきはばら》に行くという名取くんを。

秋葉原なんて京浜東北《けいひんとうほく》線一本で行けるから、と名取くんは遠慮したらしいが、いいから、と晴道が強引に乗せた。要するに、カノジョのわたしを紹介するつもりだったのだ。もちろん、わたしもそれでよかった。カレシの友人。知れるなら知りたい。

名取くんは、人がよさそうな感じだった。見ただけでそれがわかる、というタイプだ。デートの邪魔しちゃってごめん、とわたしに言ってくれた。いえ、北中くんのお友だちなら会えてよかったです、とわたしは返した。

そのときに、小学校と中学校で晴道と一緒だったことを聞いた。高校と大学は別。晴道やわたしとちがい、名取くんは文系。経済学部。今は給食委託会社に勤めているそうだ。

「働くようになってからはそんなに会わないからさ、ほぼ半年ぶりだったよ」

「元気だった？　名取くん」

「カノジョができてた」

「ほんとに？　よかったじゃない」

「いや、これがそんなによくないんだよ」

「どうして？」

「そのカノジョ、実はちょっと前まで風俗で働いてたらしい」

「そうなの？」

「そう。その子の知り合いに聞いた」

「あぁ」

「だから名取に話した。別れろとも言った」

「北中くんが？」

「うん。そりゃ言うよね。だって、名取はだまされてたわけだから」

「だまされてた、の？」

「何らかの形で金をとられてたとか、そういうことではないけど。でもそれを話してなかったんだから、だましてたってことだよね」

わたしは少し考えて、言う。

「だましてたっていうのとは、ちがうんじゃない？」

「同じだよ。知ったら名取がいやな気持ちになることはわかってて言わなかったわけだから」

「まさにそれなんじゃないの？」

「ん？」

「名取くんをいやな気持ちにさせたくなかったから黙ってたんじゃないの？」

「だとしても。結局は隠してたってことだよね？」

「まあ、そうだけど」

「ダメでしょ、隠すのは」

どうだろう。さらに考えて、言う。

「でも、それ」

「何？」

「言うか言わないかは、その子が決めていいことなんじゃない？　前科があるとかいうならまだわかるけど、そうじゃないわけだし」

「でも例えば整形したのを隠されてたら、いやだよね？　それと同じことでしょ」

「うーん」

本当に、どうなのだろう。整形だって、言わなきゃいけないこと、ではないような気がする。隠されていたらいやだというその気持ちもわかるが。

「何よりもまずさ、風俗で働くことがダメでしょ」

「何か理由があったのかも」

「金に困ってたとか、特にそういうことではないらしいよ」

「そうなんだ」

「何か理由があったとしても、よくはないよね。ほかにも仕事はあるわけだから」

「でも、時間をかけないでそれなりに稼げる仕事って、そんなにはないし。そういう仕事自体、なくなりはしないよね。男の人は、やっぱり風俗に行くんだろうから」

「おれは行かないよ。そんなことに金を払うのはいやだし。金を払ってそんなことをさせるのもいやだし」

「うん」としか言いようがない。

「無理やりやらされてるわけじゃなく、金を稼ぎたくて自分の意思でやってるなら、あれこれ言われてもしかたないよね。客として風俗に行くから男があれこれ言っちゃいけないっていう話でも、ないと思うよ。言っていいでしょ、対価は払ってるんだから」

「それはいいと思うけど。その仕事を選ばざるを得なかった人も、なかにはいるんじゃない?」

「いるだろうね。でもあれこれ言われるとわかったうえで選んでるんだから、それはそれでしかたないよ」

しかたない。立てつづけに二度出てきた言葉が冷たく響く。しかたない、というその言葉が風俗で働く女性自身の口から出るならまだしも、彼女からはかなり遠いところにいる男性晴道の口から出るからそう響いてしまうのだと思う。

よかった、わたしは風俗で働いたことがなくて。

と、そう考えて終わりにすることはできない。引っかかりは残ってしまう。しかたない、を口にしたのが自分のカレシだから。

わたしがそんなことを言ってくると、つまり反論めいたことを言ってくると、晴道は思っていなかったのだろう。たぶん、別れろと名取くんに言った自分にすんなり同意するものと思っていたのだ。ほかの多くの女子たち同様、風俗は受け入れない、それ自体に拒否反応を示す、と。

事実、晴道は話を変えるようにこんなことを言ってくる。

「ごめんごめん。デートでする話じゃなかったね」

それでも、わたしは言う。

「名取くん自身はどうなの？」

「え？」

「カノジョのこと、どう思ってるの？」

大事なのはそこ、重視すべきなのはそこだろう。

「まあ、それでも好きみたいだな」

「別れないってこと？」

「どうするかはわからないけど」

わたしが言えるのはそこまで。

名取くんは、わたしではなく、晴道の友人なのだ。わたしは一度会っただけ。名取くんのことをよく知っているわけでもない。

が、晴道もこれ以上は名取くんに余計なことを言わないでほしい。そうは思う。すぐ別れろとか、そんなことは言わないでほしい。そこは名取くんにまかせてほしい。

「ほら、レインボーブリッジだよ」と晴道が左前方を見て言う。

「あぁ、ほんとだ」

巣鴨から東大の前を走ってきて、大手町の辺りで首都高速道路に乗り、芝浦《しばうら》ジャンクションを過ぎての、今だ。

夜のレインボーブリッジ。雨交じりでも、きれい。ではあるのだが。正直に言うと。わたしは昼に見たい。その姿を、ちゃんと、よく見たい。

一度それとなくそう言ったのだが。いや、夜のほうが絶対きれいだよ、と晴道に言われ、そのまま押しきられた。

夜景が好きな女性が多いのはわかる。女性は夜景が好きだと思う男性が多いのもわかる。また、ドライブデートが好きな女性が多いのもわかる。女性はドライブデートが好きだと思う男性が多いのもわかる。夜景とドライブ。その二つが合わさるのだから、夜のレインボーブリッジドライブデート、が定番になるのもうなずける。

それを否定するつもりはまったくないのだ。ただ、毎回そういうのでなくてもいい。たまには近所を歩くだけのデートがあってもいい。

車はレインボーブリッジに入る。わたしたち自身がそこを渡る。

「きれいだね」とわたしは自分から言う。

「うん」と晴道も言う。「でも自分で走っちゃうとよくわかんないな。このあと、お台場《だいば》海浜《かいひん》公園の駐車場に行くよ。そこから見るのが一番きれいだから」

「そうなんだ」

だったら、きれいだね、を早く言いすぎた。と、少し後悔する。

「駐車場って、お金かかるの？」

「うん」

「公園で遊ぶとかならともかく、車から橋を見るだけなら、もったいなくない？」

「いや。それだけのことはあるよ。きれいな夜景を見られるんだから」

「レインボーブリッジって、歩いても渡れると聞いたことがあるけど」

「そうみたいね。でも結構長いから、歩くのはダルいじゃん。せっかく車があるのにわざわざ歩くこともないよ。歩きでも通行料はかかるみたいだし」

だとしても歩きたいような気もするが。こうして車で連れてきてもらってる手前、そうは言わない。この手のデートをするために車を買ったようなところも、晴道にはあるのだ。といっても、買ったのはわたしと付き合ってからではなく、前のカノジョと付き合っていたころだが。

大学生のとき、わたしは塾講師のアルバイトをしていた。

北区の王子《おうじ》にある進学塾。新庚申塚《しんこうしんづか》停留場まで歩き、そこから都電荒川《あらかわ》線で王子駅前停留場に行っていた。路面電車で通えるのがちょっとうれしかった。

晴道とはそこで知り合った。わたしは小学生に算数を、晴道は中学生に理科を教えていたのだ。

大学も学部も同じだったが、学科はちがった。わたしは数学科で、晴道は土木工学科。だから面識はなかった。面識がないどころか、名前さえ知らなかった
アルバイトとして採用されたのは、わたしのほうが少しあと。初めて話したときに、大学も学部も同じであることがわかった。

教えるコースも科目もちがうので、塾で一緒に何かをするようなことはなかった。担当する授業がある曜日がすべて重なっているわけでもなかった。が、会えば話はした。冬期講習の時期はほぼ毎日会ったので、まあ、同僚としてそれなりに親しくもなった。

ただ、晴道は、研究室の活動が忙しくなった三年生のときにやめてしまった。

その後も連絡はとり合った。主に実家暮らしの晴道が一人暮らしのわたしに電話をかけてくる、という形で。就職活動のあいだも、就職してからもだ。

晴道は大学院に進むと思っていたので、就職したのはちょっと意外だった。入ったのは、建設コンサルタント会社。建設会社とはちがうという。建設工事そのものをするのが建設会社で、工事に必要な調査や設計などをするのが建設コンサルタ

ント会社なのだそうだ。

働きだしてからのほうがむしろ連絡をとり合うようになり、晴道が前のカノジョと別れてからは直接会うようにもなった。

何ヵ月かして、晴道は言った。おれら、付き合わない？　と。何かさ、大学のときからそうしておくべきだったような気がするよ、とも。

友人からカレシに移行。それはそれで新鮮だったので、付き合った。付き合いだしてからは一年半だ。

首都高速道路を下り、お台場海浜公園の駐車場に到着。

そこから見る夜のレインボーブリッジは、確かにきれいだ。ほかにも車はたくさん駐《と》まっている。

駐車場なのに車に乗ったままの人たちも多いのだろうな。そのほとんどがカップルなのだろうな。

そう思いながら、晴道に言う。

「デートのときに毎回車で送り迎えしてくれなくてもいいよ」そしてすぐに足す。「そういうの、悪いし」

「いや、だって、たいていは通り道じゃん」

「そうだけど」

そうなのだ。わたしは豊島区巣鴨のアパートに住んでいて、晴道は北区東十条《ひがしじゅうじょう》の実家に住んでいる。中央《ちゅうおう》区方面に向かうのでも、新宿《しんじゅく》区方面に向かうのでも、大したまわり道にはならない。が、だからいいというものでもない。わたしはお姫様でも何でもないのだ。

「遠慮しなくていいよ」

「遠慮ではなくて」

「女子はそういうほうがうれしいでしょ？」

「え？」

「送り迎えされたり誕生日を祝われたりするほうが、やっぱりうれしいでしょ？」

「あぁ。まあ、そういう子も、いるかもしれないけど」

「されないよりはされたほうがいいよね？　それは女子も男子も関係ない。自分のために何かしてもらえるほうが、絶対いいじゃん。おれ自身、そのほうがいいし。だからさ、遠慮なんかしなくていいよ」

この人はそれを遠慮ととってしまうのだ。そして、遠慮するわたしを変にいいように評価してしまうのだ。

と、思っていたのだが。

実はちょっとちがうのではないか、という気もしている。逆に、こちらがどう思うかはどうでもいいのではないか。自分がそうしたいからしているだけなのではないか。そんな気もしている。

やることはやってくれるのだ。それこそ誕生日のデートとか、クリスマスのデートとか。サプライズみたいなこともしてくれる。この車の助手席に花束を置いておくとか、映画の前売券を置いておくとか。あえて誕生日の一日前にプレゼントを送ってくれるとか、居酒屋デートのはずが密《ひそ》かに予約していたフレンチレストランに連れていってくれるとか。

まさに今自分で言ったそれ。女子はそういうほうがうれしい。晴道自身が本当にそう思っている。だからわたしは、いつも驚かなければいけない。前もって予想していても驚き、喜ばなければいけない。

いろいろしてくれて、うれしいことはうれしいのだ。でも最近、ちょっときつい。喜ばなければいけない、という言葉自体がおかしいことに、わたしは気づきはじめている。喜ばなければいけないから喜んでいるのなら、もう喜んではいない。

それから、わたしは、一昨日水曜に参加した飲み会のことを晴道に報告した。戸部さんと室賀さんと飲んだあれだ。一対一ではないが、相手は男性。一応、伝えておこうと思った。

会社の先輩がプロレスファンであること。その先輩が知人の伝手《つて》でプロレスラー戸部栄純さんと飲める機会を得たこと。後輩のわたしも誘ってくれたこと。その先輩と飲むのは楽しいから応じたこと。戸部さんも付き人にして新人の室賀さんを連れてきたこと。水道橋の居酒屋で四人で飲んだこと。それまでは知らなかったプロレスの話をあれこれ聞けたこと。楽しい飲み会になったこと。

戸部さんと電話番号を交換したことは言った。古内さんもそうしていたから、別におかしなことではないと思って。

だがすぐに戸部さんから電話がかかってきたことは言わなかった。そこまで言ってしまうと、晴道は不快な気分になるかもしれない。戸部さんは、わたしにカレシがいることを知らなかったからああ言ってくれただけ。なのに、晴道は戸部さんによくない印象を抱いてしまうかもしれない。それは避けたかった。

話を聞いて、晴道は言った。

「あぁ。報告してくれるんだ。別にいいのに」

「話としてもおもしろいかと思って。ああいう人たちと飲めることなんて、そうはないし」

「プロレスラー。どうだった？」

「まず、大きかった。体が」

「だろうな」

「よく食べもしたし、飲みもしたよ。わたしたちとは量がちがうな、と思った。ビールなんて、いくら飲んでも酔わないし」

「食費とかすごいんだろうね。せっかく稼いでも、それで消えちゃうでしょ」

「飲みに行ったときは抑えないっていうだけで、いつもそんなに食べてるわけではないみたい。普通の人よりは食べるらしいけど」

「倍食べたら食費も倍かかるわけだしね」

「まあ、うん」

「よくやるよな。あんなふうに体を傷めてさ。歳をとったら絶対ガタが来るでしょ。引退したあとにやれる仕事だって限られてるだろうし。野球選手とかサッカー選手とか以上につらいはずだよ。だから、四十五十でもやらざるを得ないのか」そして晴道はこう尋ねる。「一緒に行ったその先輩は、何、プロレスファンなの？」

「そう」

「女性なのに？」

「うん」

「いるんだ、女性でも」

「それは、いるでしょ。わたしも一度観に行ったことがあるし」

「そうなの？」

「うん。大学生のとき。やっぱり人に誘われてだけど」

「どうだった?」

「おもしろかったよ。生だと迫力があった。音がすごかったよ。選手が倒れたりする音も、チョップが当たったりする音も」

「まあ、音が出るように叩いてるんだろうからね。マイクで音を拾ってもいるだろうし」

「生音のように聞こえたけど」

「生でも届いてはいるんでしょ。小学生のころ、クラスにいたよなぁ。やたらプロレスごっことかやりたがるやつ。中学でもいたか。技をかけ合ったり、ロープに飛んだりしてんの。ロープなんかないんだけど。教室の後ろの棚をそれに見立ててさ。正直、うっとうしかったよ。うるさいなぁ、とずっと思ってた。言わなかったけどね。言うと、ほら、変に絡んでくるから」

わからないではない。そういう子も、確かにいた。が、マスカラスとタイガー・ジェット・俊の自由な戦いはおもしろかった。見ていて楽しかった。

「ロープに飛ぶとかさ、絶対おかしいよね。返ってくるわけないじゃん。自分で返ってきてるだけじゃん」

そのあたりでもうわかった。報告してくれるんだ、と言ってくれはしたが。晴道は、わたしが戸部さんと飲みに行ったことがいやだったのだ。戸部さんがプロレスラーであることがいやなのか。それとも、戸部さんが男性であることがいやなのか。

何であれ。そんなことを言うくらいなら、飲みに行ったことをはっきりとがめてくれたほうがよかった。

ただ、これはわたしの落ち度でもある。巣鴨で車に乗せてもらってすぐに言うとまさに報告のようになってしまうからタイミングをずらしただけなのだが。今言うことはなかった。夜のレインボーブリッジを見ながら言うことではなかった。

「でも、まあ」と晴道が言う。「たまにはいいよね、そういう経験をするのも。確かに、普通は会えない人たちなわけだから」

「うん」

「会うべきかどうかは別として」

それに対して、わたしは何も言わない。

晴道は続ける。

「野球選手とかサッカー選手とかなら、おれも会ってみたい気がするし」

ちがうのだ、とはっきり気づく。この人はわたしが戸部さんと飲んだことを怒っているのではなく、ただ単にプロレスを受け入れられないのだ、と。飲む相手が女子プロレスラーだったとしても結果は同じだったのだ、と。

だから。別に戸部さんに嫉妬《しっと》していたわけではなかった。それはいい。

でも、よくない。嫉妬であったほうがましだ。

初めてプロレスを観に行ったときのことを思いだす。

行ったのは、大学三年生のとき。

すでに幾何学の研究室に入り、忙しくなってはいた。それでも、担当する授業のコマ数を減らすなどして、アルバイトも続けていた。

その研究室に、石丸之哉《いしまるゆきや》さんという四年生の先輩がいた。

この石丸先輩が、大のプロレス好きだった。わたしたち三年生に、誰か観に行かない？　と言った。プロレスを、だ。

それに乗ったのが、村島朋奈《むらしまともな》。女子が一人というのも何だから、ということで、朋奈がわたしに声をかけた。

プロレスはやめておくよ、とわたしは言ったのだが、石丸先輩に惹かれていた朋奈は、お願いお願い、と強く誘ってきた。だったらむしろ女子は一人のほうがいいでしょ、と思ったが、それではやはり硬くなってしまうのだろう、とも思い、行くことにした。会場も大学の近くだというので。

その会場が、後楽園ホール。本当に近かった。大学から歩いて十分強。その数年前にできた東京ドームのわきを通って、行った。

後楽園ホール自体は一九六二年にできたらしい。石丸先輩が教えてくれた。プロレスやボクシングの興行が多くおこなわれる。今では格闘技の聖地となっているそうだ。いや、おれはさ、後楽園ホールが近いって理由でウチの大学に入ったからね。そのために受験勉強をしたからね。とも石丸先輩は言っていた。そこまでのプロレス好きなのか、と朋奈が少し引いていたのがおかしかった。その後、二人は付き合うことになるのだが。社会人になった現在も付き合っているのだが。

で、初プロレス。

晴道にも言ったように、まず、音がすごかった。わたしたちの席はいわゆるリングサイドではなく、いくらか遠め。リングまでの距離はそこそこあった。それなのに、すべての音が大きく、はっきりと聞こえた。

朋奈とわたしに挟まれた石丸先輩が言った。

「リングに近い席だと、汗が飛び散るのが見えるよ。選手の体から湯気が立ち上ってるのも見える。それだけでもう、すごくハードなことをやってるんだとわかるよ」

試合はいくつもあった。たぶん、七つか八つ。

初めはあの室賀さんのような若い人たち同士のそれ。黒の短いパンツの人たちが多かった。石丸さんによれば。ショートタイツ。

試合が進むにつれ、カラフルなロングタイツの人が増え、入場時の衣装も派手になった。覆面をかぶった選手もいたし、外国人選手もいた。試合そのものも派手になり、場外乱闘もおこなわれた。

「あ、イスで叩きましたよ」とわたしは隣の石丸先輩に言った。

「叩いたねぇ」

「あれ、本物のイスですよ。だって、観客席にありましたし」

「本物のイスだねぇ」

「何か、血が出てませんか?」

「出てるねぇ」

「ほんとに出ちゃってるんですか?」

「ほんとに出ちゃってるよ。イスも本物だし、血も本物」

「ダメじゃないですか」

「ダメだねぇ。でも、出るよねぇ」

「血はダメですよ。消毒しないと」

「消毒は、たぶん、あとでするよ。試合後に」

「あとで縫ったりもしますか?」

「どうだろう。あのぐらいなら縫わないんじゃないかな」

「ダメですよ、縫わなきゃ。傷口がまたすぐに開いちゃう」

「いいんだよ。そしたらまた血を出せるわけだから」

「いや、出せるって」

そんな具合に、石丸先輩と話をしながら試合を観た。観ている最中は驚きっぱなしだったが、解説付きだから楽しめた。石丸先輩は大変だったはずだ。朋奈とわたしに左右からいちいち訊かれたので。

そしてメインイベントの一つ前の試合、セミファイナルというのに戸部さんが出てきた。一緒に飲んだときは、たぶん、と言ってしまったが、まちがいない。何度も思い返して、確信した。戸部さんだ。戸部栄純。

タッグマッチで、パートナーは日本人選手。名前はもう覚えていない。相手は外国人選手と日本人選手のコンビ。この日本人選手の名前は覚えている。戸部さんですらはっきりとは覚えていなかったのに、覚えている。乾源作、だ。

見るからに悪役。人にこんなことを言ってはいけないが。善いことと悪いことがあったら、わざわざ悪いことを選んでやってしまいそうな顔。夜道では絶対に出くわしたくない顔。

戸部さんはこっぴどくやられた。巨大な外国人選手に高々と持ち上げられ、マットに落とされた。場外でもそれをやられそうになったが、そこは素早い身のこなしでスルリと逃げた。後方へ足から着地して。

あぁ、よかった、とわたしが思ったのも束の間、さらに後ろから乾源作にイスでやられた。背中を、バチン！　と。その、バチン！　もはっきりと聞こえた。明らかに生音。戸部さんはその場に崩れ落ちた。

相手は二人がかりで反則ばかりするのに、レフェリーはなかなか注意しなかった。それどころか、戸部さんをたすけようとリングに入ってきたパートナーにばかり注意した。

「レフェリー、何か鈍くないですか？」

「鈍いねぇ」

「相手の反則に全然気づかないじゃないですか」

「気づかないねぇ」

「わたしがレフェリーに注意したいですよ。わたしがパートナーになって、たすけに入りたいですよ」

「おぉ。戸部栄純早田美鶴組。見たいねぇ」

その後もやられるだけやられたが、戸部さんはどうにか持ち直した。パートナーが場外で外国人選手とやり合っているうちに、リングで乾源作と戦った。ようやく一対一でだ。

殴られたら殴り返し、投げられたら投げ返した。そしてドロップキックというのをやり、倒れた乾源作をすぐに起こして、バックドロップというのもやった。

そして最後は飛んだ。リングの隅の高いところからだ。

バタフライ・プレス。これには観客たちが沸いた。この日一番の沸きだった。

「おぉっ！」と石丸先輩が言い、

「飛んだ！」とわたしも言った。

数百トンもの重さがある飛行機が飛べるのも不思議だが、体重が百キロはあるはずの戸部さんが飛べるのもやはり不思議だった。まあ、厳密に言えば、自力飛行はしていない。飛んで、すぐに落ちる。落ちるために飛ぶ。大事なのは、むしろ落ちることのほうなのだ。相手の体にうまく落ちなければならない。

でも一瞬の飛びがすごかった。その瞬間は足もきれいに後ろへ伸び、本当に飛んでいるように見えた。両腕を前にまわしているから飛べているようにも見えた。

戸部さんと水道橋で飲んだ日、巣鴨のアパートに帰ったあとに思いだした。

そう。初めてプロレスを観たこのとき、元高校写真部員のわたしは、バタフライ・プレスをする戸部栄純を撮影してみたいな、と思ったのだ。いい写真が撮れるかもな、と。

高校生のときは、何かしら課題を与えられて撮っていた。花とか建物とか、風景とか試合とかを。だから、これを撮りたい、と自分で明確に思ったのも、たぶん、それが初めてだ。

そして今。撮りたいな、とあらためて思う。

フロントガラス越しにレインボーブリッジを見る。

きれいはきれいだが、少し飽きた感じはする。

このレインボーブリッジよりは、戸部栄純を撮りたい。

後楽園、を希望したのはわたしではない。晴道の指定。土曜は遊園地にしよう、と言ってきたのだ。

後楽園ゆうえんちでデート。悪くない。大学が近かったから、何度か行ったこともある。卒業してまだ五年だが、懐かしい。それをつかうほどの距離でもないので、車もなし。わたし自身、ドライブデートよりはこちらのほうがいい。

やはりまだ梅雨だが、幸い、曇り。雨は降らなかった。

後楽園ゆうえんちといえばこれ、とわたしが勝手に思っているスカイフラワーに乗った。落下傘のような籠《かご》に乗ってまさに落下する遊具だ。立ったまま乗るから、結構こわい。足もとからスウッという感覚が来て、ひざが抜けそうになる。

あとは、バイキングにジェットコースター。それぞれの合間に、骨休めとして、メリーゴーランドとティーカップにも乗った。ティーカップでは、晴道が少し酔った。車はだいじょうぶだけど回転ものは苦手なんだよ、と言っていた。でも続くジェットコースターで風に当たり、すぐに快復した。

それからベンチで休み、ソフトクリームを食べた。わたしはバニラで、晴道はバニラとチョコとのミックス。

「遊園地では、これ、食べたくなるよね」とわたしが言い、

「なるね」と晴道が言う。

「映画館ではポップコーンで、遊園地ではソフトクリーム」

「ソフトクリームはパーキングエリアでも食べたくなるよ。運転中に腹が痛くなると困るから、そんなには食べないけど」

バニラのクリームをなめ、下のコーンをサクッとかじる。

クリームとコーンの相性はいい。ソフトクリームはこの組み合わせを考えた人の勝利だな、と思う。しそ巻きが豚バラ肉としその組み合わせを考えた人の勝利なのと同じだ。

「名取」と晴道が言う。「別れたよ」

「え？」

「あのカノジョと」

「あぁ。そう、なんだ」

「うん」

「おれが言ったからではないけどね。あれからはもう、別れろなんて言ってないし。名取が自分で考えた結果だよ」

「そう」

「おれは正解だったと思う。そうなってよかったとも思うよ」

正解、かどうかはわからない。わたしに言えるのは、名取くんが自分で出した答ならそれでいい、ということだけだ。

「名取くんは、だいじょうぶ？」

「だいじょうぶって？」

「落ちこんでない？」

「ないよ。自分から別れることにしたんだし」

自分から。まあ、そうなのだろう。

だとしても、名取くんがそれを知る必要はあったのかな、と思う。カノジョ本人から知らされるのでなく、晴道から知らされる必要はあったのかな、と。

もしもあとで知っていたら。名取くんはいやな気持ちになっていたのだろうか。それなりに長く付き合い、今現在のカノジョをもっとよく知るようになっていたら。過去のことなど大して気にならない。と、そんなふうにもなっていた可能性はないのだろうか。

名取くんがカノジョと別れたことをわたしに話す。それが晴道だ。別れていなければ話してもいなかったような気がする。自分の正しさが証明される形になったから、晴道は話したのだ。ほら、やっぱり事実を伝えてよかったんだよ、おれはまちがってなかったんだよ、という意味で。

「美鶴が心配してたって言ったら、名取、感謝してたよ。お礼を言っといて、と言ってた」

心配。カノジョが風俗で働いていたことを知った名取くんが傷ついていないか心配。そんなふうに伝わっているのだろうな、と思う。それもそうなのだが。その心配は、全体の三割程度でしかない。

そしてわたしは、何とも実のない言葉を口にする。

「名取くんによろしく言っといて」

「言っとくよ」

やっぱり言わないで、とも言いそうになるが、言わない。ただの社交辞令。晴道も、どうせよろしく言わないだろうから。

ソフトクリームを食べ終えると、今度は大観覧車に乗った。

もっと早い段階で、乗る？　とわたしは訊いていたのだが。いや、あとにしよう、と晴道は言った。実はそれで、あれっ？　と思ってはいた。また驚かなければいけないのか？　喜ばなければいけないのか？　と。

わたしは数学科の出だから、こんな計算もできるのだ。

サプライズ好きの男性×大観覧車＝プロポーズ。

補足するならこう。

（サプライズ好きの男性＋指輪）×大観覧車＝プロポーズ。

もちろん、推測は推測だ。が、たぶん、当たる。

空はいい感じに暗くなってきている。ほどよくロマンチックな感じ、だ。晴道とわたしが乗った観覧車が、円周を、上っていく。ゆっくりと、でも確実に。大きな東京ドームが見える。愛称は、ＢＩＧ　ＥＧＧ。

大学生のときに、同じ研究室の朋奈がまちがえてそれを東京ＥＧＧと言った。卵を扱う業者さんみたい、と笑った。何故かそんなことを思いだす。

その東京ドームの左に、後楽園ホールの建物が少しだけ見える。実際、見る。正面に座っている晴道よりもそちらを。

そして頂上でこれが来る。本当にここでそんなことをするとは、という意味でのサプライズ。まさか名取くんがカノジョと別れた話をしたあとで、するとは。

晴道が指輪の小箱を出す。その蓋《ふた》をパカンと開く。

なかには指輪がある。わたしの指のサイズを晴道は知っているのだ。前に誕生日プレゼントとしても指輪をくれたことがあるから。

「お待たせ。美鶴、結婚しよう」

まさにサプライズだった。その、お待たせ、という言葉が。

あぁ、とわたしは思う。わたしが待っていると晴道は思っていたのだ。わたしを待たせているつもりだったのだ。そこまで勘ちがいをしていたのだ。いや、そうではない。晴道が言う遠慮を続けたことで、わたしがそうさせてしまったのだ。

余計なことは言いたくない。えっ？　も、何？　もなし。まず返事をしたい。言葉は自然と出る。

「ごめんなさい」

「えっ？」が晴道の口から出る。

「本当にごめんなさい。気持ちはうれしいけど、わたし、受けられない」

「いや、えーと、何で？」

その説明は難しい。たぶん、どう言っても晴道には伝わらない。

「わたしたち、結婚するのは無理だと思う。何ていうか、ちょっとちがうような気がする」

「何が？」

「人が、かな。二人でずっとは、やっていけないと思う」

「おれは、やっていけると思うけど」

「ごめん。わたしは思えない。気を持たせたつもりはないんだけど。もしそうなってたとしたら、本当にごめん」

観覧車はすでに頂上を過ぎている。

長い間を置いて、晴道は言う。

「いや、まあ」さらに間を置いて、続ける。「美鶴がそう言うなら、しかたない。早すぎた、のかな」

まさに気を持たせてはいけないので、わたしは言う。

「そういうことではないの。遅かれ早かれ、こんなふうにはなってたと思う」

なっていた。要するにわたしの決断が遅すぎたのだ。結果、晴道を傷つけてしまった。こんな最悪な形で。

観覧車が、円周を、下りていく。ゆっくりと、でも確実に。心なしか、上りより速いような気がする。

指輪の小箱を手にしたまま黙っている晴道に、わたしはおそるおそる尋ねる。

「このあと、レストランを予約してたりする？」

「いや、してないよ」

「そうなの？」

「うん」

そんなサプライズも当然用意しているのだと思っていた。わたしにプロポーズを断られることは想定していなかったはずだから。

「ここを出たら美鶴の部屋に行くつもりだった。だから今日は車じゃないんだよ。美鶴のアパートには駐められないから」

なるほど。そういうことか。だとしても、悪いことをした。

観覧車の一周。その終わりが近づいてくる。地表、というか地面が迫ってくる。

わたしは言う。

「ねぇ」

「ん？」

「ロープに飛ぶのは何でだと思う？」

「え？」

「プロレスラーがロープに飛ぶのは、何でだと思う？」

「あぁ。えーと、何で？」

「楽しいからだよ。そうしたほうが楽しいから」とこれは戸部さんが言っていたとおり。わたしはそこに自分の解釈も付け加える。「観てるほうも、たぶんやってるほうも、楽しいから。だからみんな飛ぶし、みんな観るの」

晴道はJR総武線。わたしは都営三田線。

古内さんとのときとはちがい、JRの水道橋駅の前ではなく、後楽園ゆうえんちに近い三田線の出入口の前で別れた。

「じゃあ」

「じゃあ」

晴道は歩道を歩いていき、わたしは地下への階段を下りていった。

券売機でキップを買おうとしたところで気が変わった。雨は降っていないから外を歩いていこう、と思ったのだ。

春日《かすが》、白山《はくさん》、千石《せんごく》、巣鴨。白山通りを進み、疲れたらどこかで三田線に乗ればいい。疲れなかったら、アパートまで歩いてしまえばいい。かかっても一時間ぐらい。ずっと大通りだから、あぶなくはない。

何だろう。電車に乗り、すぐにアパートに着いてしまうのがいやだった。何か動きがほしかった。運動は苦手なわたしでも歩くことはできる。あれこれ考えながらになるだろうから、億劫《おっくう》に感じることもないはずだ。

ということで、夜の白山通りを歩く。

まずは、春日まで。ここは駅間が短いこともあり、まだまだ余裕。

次いで、白山通りから旧白山通りに入り、白山まで。まだ余裕。

それからまた白山通りに戻り、千石。余裕。ここまで来てわざわざ地下に潜り、三田線に乗るのはバカらしい。

だからそのまま進み、巣鴨。あとはもう、大学生のころから慣れ親しんだ道だ。十二分でアパートに着く。

自然とあれこれ考えるだろうと思ったが、意外と考えなかった。漠然と、観覧車から見た風景を思い返したり、わたしがプロポーズを断ったときの晴道の顔を思い返したりしただけだ。

晴道の顔。落胆というよりは単なる驚きが浮かんだそれ。

晴道はまさに驚いただけだったのかもしれない。落胆は、大してしなかったのかもしれない。自分にいいように考えているだけ、ではないような気がする。

そして携帯電話の着信音が鳴る。

このタイミング。前に戸部さんからかかってきたときがこうだったな。と思ったら。何と、その戸部さんからだ。

出る。

「もしもし」

「もしもし。早田さん？」

「はい」

「よかった、出てくれて。今、だいじょうぶ？」

「だいじょうぶです」

「あれ、でも何か外っぽい？」

「外ですけど、だいじょうぶです。どうしました？」

「また電話かけちゃってごめん。今日は変なあれじゃないから。先に古内さんにかけたんだけど、出られないみたいでさ。だから早田さんに」

「あぁ、そうでしたか。何でしょう？」

「早田さん、こないだ、またプロレスを観に行くようなこと言ってたでしょ？　よかったらチケットを渡そうかと思って。古内さんの分と、二枚。来月も後楽園ホールでやるからさ」

「くださる、んですか？」

「うん」

「いいんですか？」

「いいよ。むしろあげたい。といっても、これも変なあれじゃないよ。単純にプロレスを好きになってほしいから。古内さんだけじゃなく、早田さんにもね。女性ファンはほんとに貴重だからさ」

「うれしいです。喜んで、頂きます。古内さんもまちがいなく喜びますよ」

「来られる日だったらいいけど」

戸部さんは日にちを教えてくれた。来月の中旬、木曜だ。開始は午後六時半だという。その日が残業になるか、今はまだわからない。でも。

「行かせてもらいます。仕事は急いで終わらせます。多少遅れても、行きます」

「無理はしないで」

「いえ。します。室賀さんの試合も観たいですし」

「室賀は、たぶん出ると思うけど、まだわからないんだよね。新人はいつも出るわけじゃないし、カードが急に変更になることもあるから」

「でも行きます。戸部さんが出なくても行きますよ」

「いや、おれは出るよ。大ケガでもしない限り」

「しないでくださいね、大ケガ。あと、小さいケガも」

「了解」

「とにかく行きますよ。絶対行きます」

「じゃあ、チケットを送るよ。どうしよう。古内さんと早田さん、どっちにする？　それぞれに送ってもいいけど」

「それは悪いので、まとめてわたしに」

「うん。じゃ、そうする」

「すいません。お手数をおかけして」

「いやいや。ただ、住所を聞くことになっちゃうけど。だいじょうぶ？」

「もちろんだいじょうぶです」

教えた。豊島区巣鴨、の住所だ。

戸部さんはメモをとり、番地とアパート名まできちんと復唱した。電話口で相手に聞いたことをメモして復唱するプロレスラー。考えるだけでおもしろかった。

「明日は日曜だから、明後日《あさって》には送るよ。郵便局の窓口で出す」

「わかりました。お待ちしてます。ありがとうございます」

「カレシさんとうまくやってね。それじゃあ」

「あっ」とそこでわたしは言う。「戸部さん」

「何？」

「わたし」

「うん」

「別れちゃいました」

「え？」

「カレシと」

「そうなの？」

「はい」

「いつ？」

「今というか、ついさっき。一時間ぐらい前です」

「ほんとに？」

「ほんとです」

「それは、何というか。ごめん。変なときにかけちゃったね、電話」

「いえ。今かけてくれてよかったです。戸部さんの声を聞いて、ほっとしました」

そう言ってしまったからには、すべてを戸部さんに話した。今日あったことのすべてを。そして、わたし自身、すでに晴道との距離を感じていたことも。さらには、何故か名取くんのことも。風俗で働いていたというカノジョのことも。晴道に別れろと言われた名取くんが実際にそのカノジョと別れてしまったことも。

「そうかぁ」と戸部さんは言った。「いろんな見方をする人がいるんだね」

「わたしがそういうお店で働いてたと知ったら、戸部さんはどうですか？　いわゆる風俗で働いてたと知ったら」

「いいんじゃない?」と戸部さんはあっさり言う。

「いいんですか?」

「うん。だって、そういう店があるんだから、そこで働く人もいるよね。体一つで稼いでるって意味では親近感を覚えないこともないし。おれらレスラーもそれは同じだから」

「同じ、ですか?」

「そう言われると、よくわかんないけど。でも。ちがう?」

「いえ。まあ、突き詰めれば、根本は同じなのかも」

それとも根本がちがうのか。わたしもよくわからない。でも、戸部栄純と北中晴道がちがうことはわかる。どちらが正しいという話ではない。人としての立ち方が、ただちがう。

「何、早田さん、そういうとこで働いてたの?」

「いえ、働いてないです。訊いてみただけです」

「そう」

「ほんとですよ」

「疑ってないよ。働いてたとしても、それはそれでいいし。今働いてるなら、やめたほうがいいんじゃない？　とは言うかもしれないけど」

「言うんですか？」

「うん。だって、ほら、体にはあんまりよくないだろうしさ。おれは早田さんが好きなわけだから、必要に迫られてそういうとこで働いてるなら力になりたいとは思うよ。そうでないなら、それもそれでいいけど。いや。やめてほしいとは、やっぱり思っちゃうかな。理屈じゃなくて」

おれは早田さんが好きなわけだから。

前に戸部さんが電話で言ってくれたことを、戸部さん自身が受けての言葉だ。ああ言ってしまったから自分の気持ちをわたしに知られている。だから出た言葉。それを聞けて、とてもうれしい。

「ねぇ、早田さん」

「はい」

「おれと結婚してくれないかな」

「え？」

「って、それはさすがに早いか。まあ、おれは早くてもいいんだけど」

「もうですか？」

「ん？」

「もうそれを言っちゃうんですか?」

「うん。何かおれ、わかったんだよね。早田さんとならうまくいくって。前に話したときからわかってたけど、今話してみて、あらためてわかった。おれは早田さんとうまくいく。早田さんはわからないだろうけど、おれはわかるよ。だからだいじょうぶ」

その、だいじょうぶ、にちょっと笑う。戸部さんが言うのだからだいじょうぶなんだろうな。そう思える。

「飲みに行ったとき、しそ巻きの店の話、したよね。引退したらちゃんこ屋じゃなくてしそ巻きを出す店をやるって話」

「はい。しましたね」

「絶対行くって早田さんは言ってくれたの」

「行きますよ、ほんとに」

「来てもらうんじゃなくてさ。やりたいよ、一緒に」

「え?」

「引退したら一緒に店をやりたい。そう思ったよ。その話をしたあとに」

「あぁ。いいですね。それは、本当に、いい」

「おれもさ、早田さんとそうできるなら、引退すんのもいやじゃないよ」

想像する。

戸部さんと二人でやるお店。居酒屋。

場所は、どこだろう。ここ巣鴨でもいい。お店の上が家。そんな造りなら最高だ。

店名は、何だろう。シンプルに、『戸部』かな。

「わたし」と自分から言う。「子ども、二人はほしいです」

「え？」と今度は戸部さんが言う。

「わたし自身が妹で、ちゃんとしたお兄ちゃんがいると家族の関係がよくなるのを知ってるから。だから、二人」

「あぁ」

「もちろん、お兄ちゃんと弟でも、お姉ちゃんと弟でも、お姉ちゃんと妹でもいいですけど。やっぱりお兄ちゃんと妹がいいかな」

「そうか」

「って、これも早いですね。今戸部さんが言ってくれたばかりで、まだお付き合いしてもいないのに」

「それはさ」

「はい」

「いいってことなのかな」

「はい？」

「結婚はともかく、付き合ってはくれるってことなのかな」

「あぁ。はい」そこははっきり言う。「わたし、戸部さんとお付き合いをしたいです」

「おぉ。やった。うれしい」と戸部さんは意外に軽い。

でもそこでのその軽さはいいな、と思う。軽さというよりは、軽やかさ、だ。

「順番が逆になっちゃったけどさ、また飲みに行こう。予定が合う日を見つけて、なるべく早く。それは二人で。悪いけど古内さんと室賀はなしで」

「はい。ぜひ」

「しそ巻きがありそうな店ね」

「いいですね。楽しみ」

「おれも」

そこでわたしはふと思いついたことを言う。

「あ、そうだ、戸部さん」

「何？」

「写真を撮らせてくださいよ」

「写真？」

「バタフライ・プレスをしてるところの写真」

「あぁ」

「もしできたらでいいですから、今度わたしが観に行くとき、あれをやってください。わたし、客席でカメラをかまえて狙ってるんで」

「やれそうならやってみるよ」

「あ、でも」

「ん？」

「ごめんなさい。無理にはやってくれなくていいです」

「何で？」

「つい勢いで言っちゃいましたけど。失礼でした。真剣に戦ってる人に、あの技をやってくれなんて。今のはなしにしてください。少しも考えなくていいです。いつもどおりの感じでお願いします。流れであれが出たら、わたし、撮りますから。それで充分です。これからは何度も観に行くでしょうから、戸部さんがやってくれたときに撮ります」

「うん。じゃあ、それで。といっても、次、やっちゃうかもしんないけどね。得意技だから、結構やるし」

「はい。それならそれで、撮ります」

撮る。高校時代につかっていたカメラは浜松の実家にある。それを送ってもらうのでなく、新しいのを自分で買ってもいいかもしれない。望遠レンズなども一緒に。

「早田さんはさ」

「はい」

「やっぱりいいね」

「何がですか？」

「わかんないけど、何かいいよ」

「わかんないのに、いいんですか？」

「うん」

「わかんないのに、結婚してって言ったんですか？」

「うん。おれ、バタフライ・プレスをやるためにコーナーの最上段に立ったら、早田さんのことを思い浮かべそうだわ。で、気分よく飛べそうだわ。一緒に飛べそうだわ」

「わたしも、戸部さんが飛んだら、一緒に飛んでる気分になれそうです。運動はまったくダメなのに」

「こりゃまちがいなくやっちゃうな。早田さんが観に来てくれたときに、飛んじゃうよ」

「そうなったらわたし、撮ります。一緒に飛んでるつもりで」

「何かさ」

「はい」

「また中学生みたいな話しちゃってんね」と戸部さんが笑う。

「そうですね」とわたしも笑う。「すいません。戸部さんがかけてくれた電話でこんなに長くしゃべっちゃって」

「いや、いいよ。こんな有意義な電話は初めてだ。まさか電話で自分が結婚とか言うとは思わなかったよ」

「わたしも、子どもは二人とか言うとは思いませんでした」

「電話だから言えたのかな」

「そうですね。面と向かってじゃ、言えなかったかも」

「ならよかった、電話して」

「わたしもよかったです。電話をもらえて」

「じゃあ、まずはチケットを送るよ」

「はい。わたしも、飲みに行ける日リストをつくっておきます」

「頼むね。じゃあ、おやすみ」

「おやすみなさい」

「あ、早田さん」

「はい」

「おれさ、ほんとに早田さんのこと好きだからね」

「どうしたんですか？」

「いや、ちゃんと伝わってなかったら困るなと思って」

「だいじょうぶです。ちゃんと伝わってます」電話だからいい。言ってしまう。「わたしも戸部さんのことが好きです。戸部さんと同じで、初めて会ったときからもう好きだったんだと思います。今、やっと気づきました」

「ごめん。切りかけて、余計なことを言った」

「余計なことじゃないですよ。一番大事なことです」

「そうか。そうだね。じゃあ、今度こそ、おやすみ」

「おやすみなさい」

通話を終える。

戸部さんとわたしをつないでくれていた携帯電話を見る。

長く話したせいで、電話機が熱を帯びている。

わたし自身の熱が伝導したように感じる。

歩道に立ったまま、巣鴨の夜空を見る。

暗い。星は見えない。

だから曇っているのだとわかる。なのに、晴々としている。

一人からのプロポーズを断り、いやな思いをさせてしまった。申し訳ないという気持ちはある。大いにある。なのに、うれしい。
生きている、と思う。
何となくわかる。
付き合って、結婚する。
わたしは戸部栄純とタッグを組む。

本書は書き下ろしです。
本書はフィクションであり、実在の人物・団体等とは一切関係ありません。

タッグ

小《お》野《の》寺《でら》史《ふみ》宜《のり》

令和６年 12月25日　初版発行

発行者●山下直久

発行●株式会社KADOKAWA
〒102-8177　東京都千代田区富士見2-13-3
電話　0570-002-301（ナビダイヤル）

角川文庫 24452

印刷所●株式会社暁印刷
製本所●本間製本株式会社

表紙画●和田三造

●お問い合わせ
https://www.kadokawa.co.jp/（「お問い合わせ」へお進みください）
※内容によっては、お答えできない場合があります。
※サポートは日本国内のみとさせていただきます。
※Japanese text only

ISBN 978-4-04-115021-4　C0193

◇◇◇

角川文庫発刊に際して

角川源義

第二次世界大戦の敗北は、軍事力の敗北であった以上に、私たちの若い文化力の敗退であった。私たちの文化が戦争に対して如何に無力であり、単なるあだ花に過ぎなかったかを、私たちは身を以て体験し痛感した。西洋近代文化の摂取にとって、明治以後八十年の歳月は決して短かすぎたとは言えない。にもかかわらず、近代文化の伝統を確立し、自由な批判と柔軟な良識に富む文化層として自らを形成することに私たちは失敗して来た。そしてこれは、各層への文化の普及滲透を任務とする出版人の責任でもあった。

一九四五年以来、私たちは再び振出しに戻り、第一歩から踏み出すことを余儀なくされた。これは大きな不幸ではあるが、反面、これまでの混沌・未熟・歪曲の中にあった我が国の文化に秩序と確たる基礎を齎らすためには絶好の機会でもある。角川書店は、このような祖国の文化的危機にあたり、微力をも顧みず再建の礎石たるべき抱負と決意とをもって出発したが、ここに創立以来の念願を果すべく角川文庫を発刊する。これまで刊行されたあらゆる全集叢書文庫類の長所と短所とを検討し、古今東西の不朽の典籍を、良心的編集のもとに、廉価に、そして書架にふさわしい美本として、多くのひとびとに提供しようとする。しかし私たちは徒らに百科全書的な知識のジレッタントを作ることを目的とせず、あくまで祖国の文化に秩序と再建への道を示し、この文庫を角川書店の栄ある事業として、今後永久に継続発展せしめ、学芸と教養との殿堂として大成せんことを期したい。多くの読書子の愛情ある忠言と支持とによって、この希望と抱負とを完遂せしめられんことを願う。

一九四九年五月三日